K.B078503

무정도
情刀

임영기 新무협 판타지 소설

FANTASTIC ORIENTAL HEROES

무정도 8

임영기 新무협 판타지 소설

초판 1쇄 찍은 날 § 2014년 1월 14일
초판 1쇄 펴낸 날 § 2014년 1월 21일

지은이 § 임영기
펴낸이 § 서경석

편집부장 § 권태완
편집책임 § 박가연

펴낸곳 § 도서출판 청어람
등록번호 § 제1081-1-89호
등록일자 § 1999. 5. 31
어람번호 § 제2-2448호

주소 § 경기도 부천시 원미구 부일로 483번길 40 서경B/D 3F (우) 420-822
전화 § 032-656-4452팩스 § 032-656-4453
http://www.chungeoram.com
E-mail § chungeorambook@daum.net

ISBN 978-89-251-3672-1 04810
ISBN 978-89-251-3463-5 (세트)

무정도
情刀

임영기 新무협 판타지 소설

8

난세(亂世)

FANTASTIC ORIENTAL HEROES

무도
정
情刀

目次

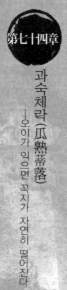

第七十四章

과숙체락 (瓜熟蒂落)

——오이가 익으면 꼭지가 자연히 떨어진다

요령이 팔신궁에 잠입한 지 이십 일이 지났다.

그녀가 팔신궁에서 다섯 대의 마차가 마도방파로 출발한다는 자세한 서찰을 보낸 이후로는 열흘이 넘도록 아무런 연락이 없다. 연락두절이다.

지금까지 그녀는 뭔가 특별히 알아낸 것이 없었어도 간간이 연락을 보내왔었다.

자신은 별일 없으니까 걱정하지 말라는 일종의 안부편지같은 의미였는데 그마저도 뚝 끊어졌다.

북황도의 하북지부인 소요장에 머물고 있는 쾌도비와 은

조, 위걸 등은 아무런 활동도 하지 않은 상태에서 요령의 연락만을 기다리다가 마침내 한계에 도달했다.

쾌도비는 요령이 주소옥의 의동생이라는 점을 떠나서 그동안 그녀와 정이 많이 쌓였기 때문에 이미 누이동생이나 다름이 없는 존재가 되었다.

그렇기에 그녀의 연락두절 때문에 무엇을 해도 일이 손에 잡히지 않을 만큼 걱정이 되었다.

원래 정이 많고 사려 깊은 은조가 요령을 걱정하는 것은 당연한 일이지만, 뜻밖에도 위걸이 요령을 지나치게 걱정하면서 하루 종일 한숨만 내쉬고 어쩔 줄을 모르는 것을 보고 사람들은 고개를 갸웃거렸다.

"후우……."

쾌도비는 몇 차례 운공조식을 끝낸 후에 침상에 가부좌로 앉아서 긴 한숨을 내쉬었다.

도무지 요령이 걱정되는 바람에 정신이 흐트러져서 운공조식조차 제대로 되지 않았다.

아까 점심 식사를 하면서 상의를 한 결과 오늘 밤에 팔신궁에 잠입하기로 결정을 내렸으나 밤이 되려면 한참이나 기다려야 해서 시간이 너무 더디게 가는 것만 같았다.

팔신궁에 잠입하는 것은 너무 위험하기 때문에 쾌도비 혼자 가기로 했다.

문득 그의 시선이 교탁 위에 놓인 춘란으로 향했다. 꽃이 예쁘게 피었다면서 은조가 갖다놓은 것인데, 저 조그만 꽃에서 뿜어 나오는 난향이 실내에 가득했다.

춘란을 보면서 그는 문득 주소옥이 떠올랐다. 혼자 있으면 너무도 자연스럽게 오롯이 떠오르는 그녀의 모습이며 추억이다.

그래서 그녀의 기억이 아편에 중독된 것처럼 그를 아스라한 과거의 시간으로 이끌어주지만 마지막에는 반드시 괴로움으로 끝나게 마련이다.

조그만 춘란의 난향이 실내에 가득 퍼진 것처럼 주소옥은 수천 리 멀리 떨어져 있는데도 그녀의 향기는 아직도 그의 모든 것을 사로잡고 있다. 그의 몸과 정신, 그의 생활 전체를 지배하고 있는 것이다.

그녀와는 결코 이루어질 수 없는 사랑이다. 그렇기에 그녀의 상념에서 벗어나지 못하면 폐인이 돼버릴 것이라는 사실을 그는 잘 알고 있다.

그런 이유로 은조와 가까워지려고 애를 쓰고 있는데 그게 생각처럼 쉽지가 않다.

은조는 정말 흠 잡을 데 없이 완전무결한 좋은 여자다. 만약 주소옥을 만나기 전에 은조를 먼저 만났으면 그는 은조를 사랑하게 됐을 것이다.

'잊어야 한다.'

그는 세차게 고개를 흔들었다. 이러는 것이 자신에게나 주
소옥에게나 추호도 도움이 되지 않는다는 사실을 잘 알고 있
으면서도 마음대로 되지 않아서 답답하기 짝이 없다. 자신의
마음인데도 마음대로 제어하지 못한다는 사실을 그는 주소옥
의 일로 처음 깨달았다.

그때 그는 누군가 방문으로 다가오는 기척을 느꼈다. 잠시
후에 방문 밖에 멈추는 기척이 났는데도 아무 행동도 하지 않
고 가만히 있기만 했다.

하지만 그는 방문 밖에 있는 사람이 여의사령주인 우령이
라는 것을 즉시 알아차렸다. 그녀 특유의 숨소리와 심장박동
이 느껴졌다.

그는 그대로 침상에 누워서 중얼거리듯이 말했다.

"무슨 일이냐?"

그가 아는 체를 하니까 그제야 문이 열리고 쭈뼛거리면서
우령이 들어섰다.

"소루주께서 쾌 소협의 운공조식이 끝났는지 알아보고 모
셔 오라 하셨습니다."

은조가 찾아오려는데 쾌도비가 운공조식을 하고 있으면
방해하거나 헛걸음을 할까 봐 우령을 먼저 보낸 모양이다.

우령은 그래서 방문 밖에서 실내의 기척을 살피고 있었던 것이다.

"지금은 혼자 있고 싶다."

쾌도비는 주소옥에 대한 그리움 때문에 만사가 귀찮아져서 누구의 방해도 받고 싶지 않았다.

열병과도 같은 그녀에 대한 그리움에서 벗어나야 한다는 것을 잘 알고 있지만, 그러면서도 그녀를 생각하고 있는 동안 만큼은 마치 고향에 돌아온 것 같은 평온함이 느껴져서 때로는 한바탕 몸살을 앓듯이 그녀에 대한 그리움을 그냥 내버려두기도 한다.

그는 눈을 감고 말하는 것도 귀찮다는 표정을 지으며 우령에게 나가라는 손짓을 해보였다.

쾌도비의 이런 모습을 처음 본 우령은 눈을 깜빡거리면서 그를 말끄러미 주시했다.

지난번 밤의 그의 난폭한 행동 때문에 그에 대해서 뒤틀린 증오심 같은 것을 품고 있는 그녀지만, 어쨌든 그는 이곳에 있는 사람들의 우두머리 같은 존재라서 그에게 무슨 일이 생긴다면 큰일이다.

"어디 아픈가요?"

우령은 조심스럽게 침상으로 다가갔다.

쾌도비는 말하는 것도 귀찮아져서 가만히 있었다. 어쨌든 그는 좀 누워서 쉬고 싶었다.

주소옥에 대한 아편 같은 추억에 더욱 깊이 심취하든지 아니면 거기에서 벗어나든지 그냥 내버려 두어서 될 대로 되라는 심사다.

슥—

그런데 그는 갑자기 이마에 따스한 손길을 느꼈다. 우령이 손바닥을 그의 이마에 댄 것이다.

"열이 있군요."

우령은 조금 놀라는 듯한 표정을 지었다.

주소옥이 생각나서 또 그 생각을 지우느라 한참 동안 혼자서 끙끙거렸으니 얼굴뿐만 아니라 온몸에 열이 오른 것은 당연한 일이다.

"어쩌죠?"

우령은 그의 이마에 손을 댄 채 완벽할 정도로 막강한 이 사람에게도 이럴 때가 있나 하는 표정을 지었다.

"좀 쉬면 괜찮아질 게다."

"제가 도울 일은 없을까요?"

그녀는 쾌도비를 증오하고 있지만 그것을 딱히 보통사람들이 품고 있는 그런 증오라고 말할 수는 없다.

예전에는 그에게 아무런 감정도 갖지 않았었으나 그 일이 있고난 후부터 미움과 원망, 아쉬움, 질투, 복수심, 그리고 약간의 그리움 따위가 한데 뭉뚱그려져서 그냥 증오가 된 것이다.

말하자면 그것은 호연이 그에게 품었던 것과 비슷한 감정인데 그것보다는 훨씬 약하다.

쾌도비는 눈을 뜨고 물끄러미 그녀를 올려다보다가 씁쓸한 표정으로 중얼거렸다.

"지난번에는 내가 잘못했다."

"……."

그녀가 움찔 가녀리면서도 늘씬한 몸을 떠는 것이 이마를 짚은 손을 통해서 전해졌다.

"그럴 생각은 없었는데 쓸데없는 반발심 때문에 그런 행동을 했다. 미안하다."

그의 난데없는 사과에 우령은 갑자기 가슴이 뻥 뚫리는 것 같은 허탈한 기분을 맛보았다.

그러면서 그동안 그에게 품었던 나쁜 감정들이 한순간에 사라져 버렸다. 어떻게 이런 일이 생길 수 있는 것인지 모를 일이다.

그래서 자신이 한낱 그런 얄팍한 감정 때문에 그다지도 속을 끓였나 어이가 없었다.

하지만 그런 것보다는 그런 감정이 씻은 듯이 사라지는 것과 동시에 또 다른 새로운 감정이 빠르게 그 자리를 메우는 것을 느꼈다. 그에 대한 연민과 알 수 없는 친밀감 같은 것이다.

"정말 당신이 미웠어요. 죽이고 싶도록… 그때 도대체 왜 그랬어요?"

우령은 그의 머리맡에 가만히 앉으면서 눈물을 글썽이며 원망하듯 말했다.

쾌도비는 눈을 감고 입을 굳게 다물며 아무 말도 하지 않았다. 자신이 주소옥을 잊으려고 호연을 제물로 삼았으며 그 사실이 발각되자 우령까지 괴롭혔던 일이 생각나서 가슴이 답답해졌기 때문이다.

"자봉공주 때문이죠?"

우령은 다 알고 있다는 듯 사근거리는 목소리로 말했다. 그녀는 은조를 최측근에서 호위하면서 얻어들은 얘기가 꽤 많은 편이다.

쾌도비가 주소옥을 잊지 못하고 시도 때도 없이 그녀를 생각하면서 괴로워하는 것 때문에 은조가 힘들어하는 내색을 하는 모습을 우령은 한 번도 본 적이 없었다.

그렇지만 은조의 이해심 많고 사려 깊은 성격을 잘 알기에 그녀가 속으로는 그 일 때문에 많이 괴로워할 것이라고 짐작하고 있다.

"그녀를 잊으려고 일부러 호연과 가까이 했던 것이고 그러다가 그것이 발각되니까 화가 나서 저한테도 못되게 굴었던 거였죠?"

그녀는 그날 밤 쾌도비의 만행의 원인을 정확하게 짚었다.

"네가 아니라 나한테 화가 난 거였다."

쾌도비는 눈을 감은 채 눈살을 찌푸리며 중얼거리면서 우령의 짐작을 인정했다.

"그랬어요? 저는 저한테 화를 내는 줄 알았어요."

"이런 식이라면 조아에게도 피해만 입힐 뿐이다. 내 마음 속의 응어리를 풀지 못하는 한 진심으로 조아를 사랑하는 것이 힘들다."

우령은 그가 자신의 괴로움을 솔직하게 털어놓는 것에 대해서 고마움을 느꼈다.

그리고 자신이 그와 은조를 위해서 뭔가 할 일이 없을까 고민해 보았다.

"그 응어리. 어떻게 하면 풀 수 있나요?"

쾌도비는 눈을 뜨고 그녀를 올려다보면서 뜻밖이라는 표정을 지었다. 그녀는 자신을 미워할 텐데 호의적으로 나오니까 의아한 것이다.

"당신의 응어리는 저에게 풀고 소루주께는 진심 어린 사랑을 베풀어주세요. 저를 괴롭히는 것쯤은 참을 수 있어요."

"너……."

은조를 위해서라면 목숨까지도 아깝지 않은 우령은 부드

럽게 쾌도비의 뺨을 쓰다듬었다.

그녀가 이렇게 과감해질 수 있는 이유는, 아마도 그의 못된 손가락 장난으로 인해서 순결이 파괴되어 죽이고 싶다는 증오를 품었다가 그것이 한순간에 묘한 감정으로 변했기 때문일 것이다.

어쨌든 그는 그녀의 순결을 가져간 사내다. 음경으로든 손가락으로든 그것은 별로 중요하지 않다. 다만 그녀의 은밀함을 공유하고 있다는 사실이 중요했다.

이 사내에게 어떤 감정을 품고 있어야 한다면, 증오냐 애정이냐 두 가지 중 하나여야 하는데 그녀는 애정을 선택한 것 같았다.

"아마도 당신이 소루주와 혼인을 하게 되면 자봉공주를 자연스럽게 잊겠지만 그때까지가 힘든 것 같아요. 그러니까 제가 그때까지 도움이 되고 싶어요."

그것은 우령의 진심이다. 전혀 남도 아닌 묘한 인연으로 맺어진 이 사내를 도와서 은조와 순조롭게 연인이 되도록 할 수만 있다면, 그로써 모든 일이 잘 풀릴 것이라는 숭고한 희생이다.

쾌도비는 적잖이 놀란 듯 그녀를 응시하다가 빙그레 훈훈한 미소를 지었다.

"너처럼 훌륭한 측근을 두었으니 조아는 정말 행복한 사람이다."

"별말씀을……."

그의 칭찬에 우령은 가슴이 벅차서 두 눈에 눈물이 고인 채 배시시 미소를 지었다. 조금 전까지만 해도 죽이고 싶도록 미운 사내였는데 지금은 그의 칭찬에 가슴이 먹먹해질 정도로 감동이 밀려들었다.

그녀의 미모는 비록 은조에 비할 바는 아니지만, 사내라면 어느 누구라도 그녀의 상큼한 미모를 한 번 보면 눈을 떼지 못할 정도로 아름답다. 적당한 키와 체구에 놀랍도록 잘 발달된 몸매를 지니고 있다.

그는 머리를 들어 우령의 허벅지를 베고 누웠다. 물이 흐르듯 자연스러운 행동이다.

"너의 진심 어린 말은 정말 고맙다. 하지만 어떻게든 내 힘으로 극복해야지."

우령은 마치 그와 오래전부터 친밀하게 지냈던 것 같은 착각이 들었다.

그녀는 마치 연인에게 하듯 그의 머리카락과 얼굴을 어루만지며 살포시 미소 지었다.

"당신이 이렇게 좋은 사람이라는 것을 진작 알았더라면 미워하지 않았을 텐데……."

우령의 손길과 위로에 쾌도비는 주소옥으로 인해 우울했

던 기분이 어느 정도 풀어져서 갑자기 그녀를 슬쩍 자빠뜨려 눕히고는 가슴을 부드럽게 어루만졌다.

"어머……."

"내가 좋은 사람 같으냐?"

"정말 당신은……."

우령은 그를 곱게 흘겼다. 그런 그녀의 매혹적이면서도 요염한 표정이 쾌도비를 자극했다.

"그래. 보다시피 나는 나쁜 놈이다."

그의 손은 우령의 앞섶을 헤치고 들어가 탐스러운 맨살 젖가슴을 부드럽게 주무르며 쓰다듬었다.

우령은 움찔 몸을 떨었으나 곧 그의 머리를 쓰다듬으며 눈을 감았다.

"하지만 당신은 천하가 인정하는, 그리고 우리 모두가 인정하는 최고의 영웅이에요."

쾌도비는 손가락으로 조그만 유두를 비비고 살짝 비틀면서 씁쓸하게 웃었다.

"영웅은 무슨… 개에게나 줘버려."

"아……."

"나처럼 추잡한 영웅이 어디에 있느냐?"

"아아… 그렇지만 당신은 최고예요… 우리 모두 당신에게 큰 기대를 하고 있어요."

우령은 그의 머리를 쓰다듬으며 낮은 신음을 흘렸다. 목욕을 하면서 제 손으로 젖가슴을 만진 적은 있지만 이런 묘한 흥분을 느끼지는 못했었다.

이제 그녀는 쾌도비가 자신을 어떻게 하든 다 받아들일 마음의 준비가 되었다.

우령의 찬사에 쾌도비는 한층 기가 살아 더욱 거칠어졌다. 그녀의 앞섶을 풀어헤쳐 젖가슴과 배의 맨살이 다 드러나게 하고는 젖가슴에 얼굴을 묻었다.

"조아를 사랑하겠다고 약속했으면서도 그녀의 수하에게 이런 짓을 하는 나 따위가 최고라는 말이냐? 너는 이런 나를 이해할 수 있겠느냐?"

우령은 갑자기 아기의 머리통만 한 젖가슴이 그의 커다란 입속으로 온통 빨려 들어가자 허리를 젖히면서 영혼이 다 녹는 것 같은 표정을 지었다.

"아아… 이해해요… 당신을 다 이해해요… 이래야지만 당신은 자봉공주를 잊을 수 있을 거예요……."

"미친년… 너는 미친년이다……."

그가 보기에 살신성인한답시고 몸을 내맡기고 있는 우령은 제정신이 아닌 것 같았다.

그는 욕설을 중얼거리면서 투실투실하고 풍만한 젖가슴을 입으로 애무하며 손을 그녀의 괴춤 속으로 미끄러지듯이 집어넣었다.

손은 단번에 바지와 속곳 속으로 들어가서 무성한 숲 속을 헤치고 옹달샘을 공략했다.

"하옥!"

첫 번째 그가 불시에 그곳을 급습했을 때에는 경악과 분노가 치솟았으나 지금 그녀는 제 스스로 다리를 벌리면서 그의 손과 손가락을 기꺼이 받아들이고 있다.

"하아아… 그래요… 저는 미쳤어요… 당신에게… 당신의 손길에 미쳤어요…….”

우령은 자신을 희생해서 쾌도비가 은조를 사랑할 수 있게 만들겠다는 본래의 숭고한 희생의 의미가 희미하게 퇴색해 가는 것조차도 느끼지 못했다.

다만 쾌도비의 난폭한 행동에 온몸을 내맡긴 채 머릿속이 새하얗게 되면서 그 속에 난생처음 맛보는 두려운 쾌감과 배신의 희열을 가득 채워 넣고 있을 뿐이다.

어쩌면 지금의 이 행위가 정상적이었다면 이토록 뼈가 녹는 것처럼 황홀하지는 않을 터이다.

쾌도비가 상전의 남자이기에, 그래서 지금의 이 행위가 절대로 있어서는 안 되는 불륜이기에 더욱 공포의 황홀함을 느끼는 것이다.

그녀는 쾌도비의 굵고 긴 손가락이 자신의 질과 자궁을 온

통 헤집어놓아 너덜해지는 것을 느끼면서도 눈물이 쏟아질
정도로 황홀했다.

"미친년. 엎드려라."

쾌도비는 이성을 잃은 듯 으르렁거리면서 우령의 몸을 가
볍게 뒤집고는 바지를 무릎까지 확 내렸다.

그리고는 자신도 급히 바지만 벗고 이미 크고 단단해진 음
경을 그녀의 탐스럽고 뽀얀 계곡 사이로 우악스럽게 밀어 넣
었다.

"아아……."

우령은 마치 거대한 기둥이 창자 속으로 무지막지하게 밀
고 들어오는 어마어마한 고통과 느낌을 받으면서 입을 크게
벌리고 눈을 화등잔처럼 크게 떴다.

"끄아……."

그녀가 비명을 지르려하자 엎드린 그녀의 위에 올라탄 쾌
도비는 손으로 입을 막았다. 하지만 그녀는 입이 틀어 막힌
채 몸부림을 쳤다.

쑤우우…….

그 순간 그녀는 은조를 위한 희생심도, 쾌도비에 대한 연민
과 존경심도 깡그리 잊어버렸다. 그리고 오로지 후회만 활화
산처럼 폭발했다.

'미쳤어… 내가 왜 이 짓을… 너무 아파…….'

"헉헉헉… 흐으으…….”

한 차례 사정을 했으나 쾌도비는 성이 차지 않은 듯 우령의 몸 위에서 헐떡거렸다.

"왜…….”

엎드린 채 기진맥진한 우령은 그를 뒤돌아보려고 하면서 간신히 입을 열었다.

"당신 왜 그래요……?”

그녀는 눈물범벅인 얼굴로 원망하듯 물었다.

"아팠느냐?”

쾌도비는 자신의 체구에 절반도 안 될 것 같은 그녀의 뺨에 입술을 비비면서 중얼거렸다.

사랑해서가 아니라 자신에게 몸을 준 암컷에 대한 배려 같은 것이다.

"그럼 안 아파요? 거기다 하는데…….”

"거기라고?”

쾌도비는 의아한 표정을 지으며 상체를 들고 자신의 하체를 내려다보다가 슬쩍 눈살을 찌푸렸다.

그의 음경은 집을 잘못 찾아 들어가 있었다. 그것은 그가 흥분하여 서둔 탓도 있으나 여자의 몸 구조가, 즉 옥문과 항문이 거의 붙어 있기 때문이기도 했다.

"이런……."

탁탁탁…….

그녀는 몸을 뒤채려고 하면서 손으로 그의 어깨를 때렸다.

"미쳤어 정말… 악!"

그러다가 그녀는 눈을 휘둥그렇게 뜨며 비명을 질렀다.

집을 잘못 찾아 들어갔던 음경이 이번에는 제 집을 제대로 찾아서 불쑥 들어간 것이다.

"날 찾았소?"

쾌도비는 은조의 방문을 밀고 들어갔다. 우령이 그를 데리러 간 지 반 시진 만에 온 것이다.

"네. 어서 오세요."

차를 마시면서 서찰을 읽고 있던 은조는 일어서며 반갑게 맞이했다. 그리고는 쾌도비의 뒤쪽을 보았다.

"우령은요?"

"응?"

쾌도비는 머쓱한 표정으로 뒤돌아보았으나 문만 열려 있고 우령은 뒤따라 들어오지 않았다.

"우령."

"네. 소루주."

우령의 대답이 문 밖에서 들렸다.

"들어오너라."

"거기에서 말씀하세요."

"여의사령주."

"네."

은조가 정색을 하고 불러서야 우령은 쭈뼛거리면서 모습을 나타내더니 안으로 들어왔다.

"이리 가까이 와라."

은조는 쾌도비의 팔을 잡고 탁자로 가면서 우령에게 말하다가 의아한 표정을 지었다. 우령이 어기적거리면서 걷고 있기 때문이다.

"왜 그러느냐?"

"아… 무것도 아닙니다."

우령은 화들짝 놀라서 상체를 똑바로 폈다. 그렇지만 여전히 걸음걸이는 여전히 어기적거렸다.

불과 차 한 잔 마실 시간 전에 그것도 연거푸 두 군데의 처녀를 잃어버린 그녀의 고통을 아무것도 모르는 은조가 어찌 짐작이나 하겠는가.

우령은 예쁜 얼굴을 찡그리며 울상을 지으면서 제 딴에는 똑바로 걸으려고 애썼으나 방금 전보다 더 뭉기적거리면서 다가왔다.

"너 어디 아픈 것이냐?"

"아… 아니라니까요?"

은조는 아무래도 이상해서 우령에게 다가가 이리저리 살펴보다가 그녀의 뒤쪽 둔부 아래쪽 사타구니 부위 옷에 피가 묻어 있는 것을 발견하고는 아미를 곱게 찌푸렸다.

"너……."

우령은 은조가 자신의 둔부를 보면서 경직된 표정을 짓자 들켰다는 생각에 가슴이 철렁 내려앉았다.

"소… 루주. 사실은……."

[못난 것. 월경일을 제대로 알고 있어야지. 어서 갔다가 오너라.]

"……."

은조가 전음으로 책망을 하자 우령은 얼굴이 해쓱하게 질렸다가 놀라는 표정을 짓더니 이윽고 안도의 표정을 지었다. 들킨 것이 아니었다. 거기에 피가 묻어 있는 것을 은조는 월경으로 오해를 한 것이다.

"여보. 이것 좀 보세요."

은조가 탁자의 서찰을 집으려고 몸을 돌릴 때 우령은 재빨리 쾌도비의 궁둥이를 힘껏 꼬집어주고는 어기적거리면서 방을 나갔다.

방을 나선 그녀는 방금 은조가 쾌도비를 '여보'라고 부른 것을 기억해 냈다.

'그렇다면 설마 소루주와 저 이가……'

은조가 건넨 서찰은 낙양 천절문에서 여의루주 손효랑이 보내온 것이었다.

여의루와 북황도의 정예고수 각 백 명씩이 천절문 내에 상주하고 있으면서 팔신궁의 공격에 대비하고 있다는 특별할 것 없는 내용이다.

"천첩이 이쪽 사정을 자세히 적어서 전서구로 어머니께 보냈어요."

은조는 쾌도비가 어두운 표정으로 서찰을 만지작거리는 모습을 보고는 위로하듯 말했다.

"자봉공주의 서찰은 없었어요. 그녀는 당신께서 신경 쓰실까 봐 일부러 보내지 않은 것 같아요."

"아니, 나는 괜찮아."

쾌도비는 짐짓 환하게 웃어 보였다. 주소옥을 잊으려고 안간힘을 쓰는 것도 있고, 그것 때문에 조금 전에 우령을 짓밟았던 것에 대해서 우령이나 은조 둘 다에게 미안함과 죄책감이 있어서, 주소옥이 서찰을 보내지 않았다는 것에 대해서 자신이 서운한 표정을 짓는다는 것은 뻔뻔스럽다는 생각이 들었다.

지금 생각하면 조금 전 우령과의 일은 자신이 순간적으로 어떻게 돼버린 것이 아닌가. 하는 생각마저 들었다. 정신이 나가지 않고서야 은조의 수하인 우령을 짓밟을 수 있다는 말인가.

주소옥을 잊기 위한 방편이라고는 하지만 돌이켜 생각하면 그것은 핑계에 불과한 것 같았다.

어쩌면 그 자신의 몸속에 음탕한 더러운 피가 흐르고 있기 때문인지도 몰랐다.

부인과 딸이 있는 주제에 낙양에 주둔하는 동안 순진한 소녀였던 어머니 지연과 동거를 했던 예건후처럼, 그런 호색과 음탕의 더러운 피를 그에게서 물려받은 것만 같아서 기분이 더러웠다.

인간에게는 누구에게나 내면에 그런 기질이 내재되어 있다는 사실을, 그리고 그 자신은 아픈 기억을 잊으려는 발버둥으로 그런 것을 방편으로 삼고 있는 것뿐이라는 사실을 쾌도비는 자각하지 못하고 있다.

"팔신궁에 잠입하면 조심하셔야 해요."

은조는 그의 앞에 서서 옷깃 매무새를 단정하게 해주면서 당부했다.

슥—

우령의 일로 은조에게 미안한 마음을 품고 있던 그는 부지중 팔을 뻗어 그녀의 나긋나긋한 허리를 감아서 자신 쪽으로 당겼다.

은조는 뼈가 없는 듯 그의 품으로 안겨들었다. 예전에는 그가 한 번도 이런 적이 없었기에 그녀는 깜짝 놀라면서도 묘한 기대감으로 가슴이 심하게 두근거렸다.

그는 이토록 고결한 은조에 대한 죄책감과 미안함이 복잡하게 얽힌 시선으로 그녀를 굽어보았다.

"조아."

"네… 읍!"

그의 조용한 부름에 조심스레 고개를 들던 은조는 두툼한 입술이 갑자기 입술을 집어삼킬 듯이 덮자 눈을 동그랗게 뜨며 놀랐다.

입술이 포개지자마자 그녀는 자신의 혀가 뿌리까지 그의 입속으로 미끄러져 들어가더니 마구 유린되는 것을 느끼고 심장이 멎을 것처럼 혼비백산했다.

그러나 당황함 중에서도 온몸이 물처럼 녹아버릴 것 같은 기묘한 흥분과 황홀함이 엄습하여 그가 하는 대로 몸을 내맡겼다.

쾌도비는 은조에게 용서를 받고 싶었다. 하지만 자신이 우령에게 한 짓을 차마 말로 하지 못하고 행동으로 하고 있는 것이다.

이런 행동이 과연 옳은 것인지의 여부는 생각하지도 않았

다. 아까처럼 그는 또다시 정신보다는 몸이 가는 대로 행동을
하고 있는 것이다.

그는 은조의 혀와 침을 모조리 빨아들여 삼키면서 손으로
그녀의 둔부를 어루만지는가 싶더니 바닥까지 끌리는 긴 치마
를 걷어 올려 맨살 둔부를 주물러 터뜨릴 것처럼 움켜잡았다.

"으음… 음……."

은조는 당황함과 쾌감과 아픔이 뒤죽박죽된 상태에서 몸
을 뒤채며 신음을 흘렸다.

조금 전에 우령의 그곳을 짓이기던 그의 손은 그녀의 체액
을 그대로 묻힌 상태에서 이번에는 은조의 속곳을 들추고 희
고 탐스러운 계곡 속을 헤집었다.

그의 손이 옥문에 닿자 은조는 화드득 놀라면서 온몸이 빳
빳하게 경직되었다.

그때 쾌도비가 그녀의 몸을 가볍게 번쩍 들어 올리더니 두
다리로 자신의 허리를 감게 했다. 그리고는 서둘러 바지를 내
리고 이미 단단해진 음경을 꺼내 허겁지겁 그녀의 옥문에 갖
다 댔다.

이 순간의 그는 우령에게 한 행위를 은조에게도 똑같이 해
야지만 용서를 받을 수 있을 것이라는 이상한 생각에 사로잡
혔다.

무언가 활화산처럼 뜨겁고도 단단하며 커다란 이물질이

자신의 활짝 벌려진 그곳에 닿으며 밀고 들어오려고 하자 은
조는 화들짝 놀라서 두 손으로 쾌도비의 가슴을 힘껏 밀며 입
술을 뗐다.

탁!

"그만해요!"

그리고 그녀는 눈이 붉게 충혈되어 씩씩거리며 흥분한 쾌
도비의 얼굴을 발견하고 크게 놀랐다.

그녀는 조금 전까지는 여느 때와 다름이 없는 평범한 일상
이었는데, 느닷없이 일이 이상한 방향으로 진행되며 자신의
소중한 곳으로 낯선 물체가 침입하자 놀라서 본능적으로 그
를 밀쳐낸 것이지 그를 사랑하지 않아서가 아니었다.

"조아……."

쾌도비는 그녀에게 용서를 받고 싶은 심정에서 입맞춤을
했던 것이 또다시 의도하지 않았던 방향으로 행동이 진행됐
다는 사실을 깨닫고는 그녀를 바닥에 내려놓으면서 얼굴을
보기 싫게 일그러뜨렸다.

바닥에 내려선 은조는 쾌도비가 바지를 발목까지 내려 벌
거벗은 하체를 드러낸 상태에서 자신의 팔뚝보다 더 굵고 큰
음경이 건들건들 흔들리고 있는 광경을 대경실색하여 바라보
았다.

쾌도비는 입이 열 개라도 할 말이 없었다. 그는 자신이 점

점 더 흉측한 괴물로 변해가고 있다는 생각이 들었다.

"미안하다, 조아… 나는… 이런 놈이다……."

그는 고개를 떨구며 씹어뱉듯이 중얼거렸다. 주소옥에 대한 괴로움 때문이라는 것은 변명인지도 모른다.

그래서 그는 자신이 원래 이처럼 추악한 놈일지도 모른다는 생각이 들었다.

그러나 은조는 자신이 쾌도비의 행동을 제지했기 때문에 그를 부끄럽게 만들었다는 생각에 죄책감이 들었다.

"여보… 천첩이 잘못했어요."

그녀는 미안하고도 죄스러운 마음을 견디지 못하고 그에게 가깝게 다가섰다.

"천첩은… 너무 갑작스러운 일이라서 놀랐던 거예요. 당신을 거부할 마음은 추호도 없었어요."

"조아, 그게 아니다. 나는……."

"다시 해요. 네? 천첩이 어떻게 하면 될까요?"

은조는 크고 아름다운 두 눈에 가득 눈물을 그렁거리면서 어떻게든 자신의 잘못을 만회하고 싶었다.

그래서 두 팔을 그의 어깨에 두르고 스스로 몸을 끌어 올려 두 다리로 그의 허리를 감았다.

"천첩이 해볼게요… 마음을 푸세요."

그리고는 조금 전처럼 치마를 허리까지 걷고 가느다란 속곳을 옆으로 밀친 후에 떨리는 손으로 그의 음경을 잡아 자신의 그곳에 조심스럽게 갖다 댔다.

"여보… 용서하시고 계속하세요. 천첩은 괜찮아요……."

쾌도비는 이런 상황에서도 식지 않고 오히려 더욱 단단해진 음경이 은조의 옥문으로 비집고 들어가려고 하자 자신이 죽이고 싶도록 가증스러웠다.

은조는 어떻게든 쾌도비의 마음을 돌리려고 혼신의 노력을 다하고 있다.

그녀는 그 자세에서 자신의 체중으로 그의 음경이 옥문으로 진입할 수 있도록 했다.

소중한 그곳이 찢어지는 듯할 때 갑자기 쾌도비가 그녀를 떼어내 바닥에 내려놓았다.

"조아……."

"여보. 왜……."

쾌도비는 자신의 추악함이 그녀의 고결함을 짓밟는 것 같아서 견딜 수가 없었다.

"천첩이 잘못했어요. 어떻게 하면 당신의 노한 마음을 풀어드릴 수 있을까요? 네?"

쾌도비는 방울방울 눈물을 흘리며 안타깝게 말하는 은조를 조심스럽게 품에 안았다.

"내가 나쁜 놈이다. 조아. 어떻게 너처럼 착한 여자를……."

"여보……."

"나중에 하자. 너는 너무나 좋은 여자라서 이렇게 하면 안 된다. 그러니까 나중에 하자."

은조는 그의 깊고도 괴로운 내심을 이해하지 못하고 그저 자신이 잘못해서 그를 화나게 했다는 생각에 눈물이 그치지 않았다.

문 밖에서 벽에 등을 대고 있는 우령은 방 안에서 벌어진 일들을 다 듣고는 하염없이 눈물을 흘렸다.

'바보… 당신은 나쁘지 않아요.'

그녀는 이제는 쾌도비의 괴로운 마음을 다 알 수 있을 것만 같았다.

'그렇게 괴로우면서도 그걸 혼자서 다 감당하려 들다니… 당신은 절대로 나쁘지 않아요.'

우령은 가늘게 몸을 떨면서 비 오듯 눈물을 흘리다가 눈을 샐쭉하게 뜨며 입술을 삐죽거렸다.

'하지만 다음에도 또 거기에다 하려고 들면 가만히 있지 않을 거예요.'

第七十五章

적우침주(積羽沈舟)

—새털처럼 가벼운 것도 많이 실으면 배가 가라앉는다

자정이 다 되어가는 깊은 밤. 팔신궁의 높은 상공에 거대한 새 한 마리가 정지비행을 하고 있지만 새의 존재를 알아차린 사람은 아무도 없다.

철황에는 쾌도비와 우령이 타고 있다. 은조는 쾌도비의 안위 때문에 자신이 따라오겠다고 했으나 쾌도비는 반대로 그녀의 안위 때문에 따라오지 말라고 했다.

그랬더니 은조는 그의 말을 듣는 대신 우령을 데리고 가라고 했는데, 쾌도비도 그것마저 거절할 수는 없었다.

"철황아, 요령을 찾아라."

요령은 흑신과 함께 있을 테니까 철황이 그들을 찾아낼 수 있을 것이라 여겼다.

철황은 거대한 팔신궁의 상공을 두어 바퀴 선회하더니 이윽고 팔신궁 뒤편의 야트막한 야산 상공에 멈추어 정지비행을 했다.

"요 낭자가 저기에 있다는 건가요?"

앞쪽에 앉은 우령은 백여 장 아래의 야산을 가리키며 소곤거렸다.

"그런 것 같다."

쾌도비는 여기까지 우령과 함께 철황을 타고 오면서, 그리고 팔신궁 상공에 잠시 머무는 동안 한 가지 새로운 사실을 깨닫게 되었다.

그는 소요장에 거주하고 있는 사람 중에서 우령하고 단둘이 있을 때가 가장 편했다.

물론 그렇게 된 이유는 오늘 낮에 그의 방에서 우령하고 깊은 관계가 되었기 때문이다.

우선은 우령의 이해심이다. 그녀는 쾌도비에 대해서는 모르는 것이 없는 것 같으며, 그의 내심과 괴로움을 잘 헤아려서 달래준다.

물론 거기에는 두 사람이 깊은 관계가 됐다는 사실이 큰 몫을 했다. 그녀의 이해심이나 깊은 관계 두 가지 중에서 하나라도 결여되었다면, 그녀가 지금처럼 편한 상대가 되지 못했을 것이다.

하지만 은조는 우령처럼 편하지 않은 상대다. 우령은 함부로 막 대해도, 그리고 무슨 말을 해도 다 받아준다. 그녀는 앙금이라는 것이 없다.

그녀가 머리카락이나 얼굴, 몸을 만져주면 쾌도비는 희한하게 마음이 진정된다.

반면에 은조는 상대하기 편한 것 같으면서도 까다롭다. 그리고 그녀에게는 반드시 갚아야 하는 책무 같은 것이 존재하는 듯하다.

그래서 그녀에게 말을 할 때에는 긴장해야 하고 단어를 선택하는 것조차도 조심해야만 한다.

때로는 은조의 사려 깊은 마음씀씀이나 자상한 배려심마저도 부담이 된다.

어쨌든 은조는 대하기가 어렵고 우령은 지극히 편안하다. 그 이유는 어쩌면 쾌도비 자신이 하층민으로 막 굴러먹은 놈이기 때문일 것이다.

그렇기에 최상층에서 손가락에 먼지 하나 묻히지 않고 살아온 고귀한 은조에 대해서는 본능적으로 거부감이 생기는 것일 수도 있다.

"조심할 거죠?"

우령은 뒤돌아보면서 따스한 손을 뻗어 그의 뺨을 어루만지며 당부했다.

그녀는 그의 괴로움을 알기에 처음부터 끝까지 모두 그를 위로하고 자신의 모든 것을 주고 싶어 한다.

"알았다."

쾌도비는 마음이 편해져서 빙그레 미소 지었다. 그에게 필요한 것은 바로 이런 것이다. 어색하거나 까다로움 없이 심신을 편하게 해주는 것 말이다.

호연은 오로지 쾌도비의 육체만을 원하지만 우령은 육체와 마음 둘 다 아낌없이 주면서 그에게는 아무것도 원하는 것이 없는 듯하다.

"이젠 아프지 않으냐?"

마음이 편안해진 쾌도비는 우령의 둔부를 어루만지며 넌지시 물었다.

"몰라요."

우령은 그의 의도를 깨닫고 얼굴이 빨개져서 자신의 뺨을 그의 뺨에 살며시 비볐다.

"기다리고 있을 테니까 무사히 돌아오세요."

"무사히 돌아오면 또 한 번 할까?"

"네……."

우령의 얼굴이 붉어졌다.

"거기에?"

그녀의 얼굴이 아예 새빨개졌다.

"아유… 미워……."

쪽.

그는 우령의 입에 살짝 입맞춤을 하고는 훌쩍 뛰어내렸다.

사아아…….

쏜살같이 아래로 하강하고 있는 그의 귀에 우령의 전음이 전해졌다.

[알았어요. 그러니 무사히 돌아오세요.]

척!

나무들이 빽빽한 야산의 중턱 어느 부분이 삼 장 정도 높이로 불룩 위로 돌출되어 있는데, 쾌도비는 돌출부 위에 가볍게 내려섰다.

그곳은 야산 중턱을 파서 안쪽에 뇌옥(牢獄)을 만들었는데, 그가 내려선 곳은 뇌옥의 입구로 위쪽에는 풀이 무성하게 자라 있었다.

뇌옥 입구를 지키고 있는 두 명의 고수는 방금 쾌도비가 지상에 내려서면서 낸 작은 소리를 감지하고 재빨리 돌아보면서 손을 어깨의 검으로 향했다.

파팍!

"끅!"

"컥!"

순간 쾌도비는 뇌옥 입구로 신형을 날리면서 오른손 검지와 중지로 무형강기를 뿜어내 고수 두 명의 미간을 정확하게 꿰뚫었다.

그는 쓰러지는 두 명의 고수를 잡아 입구 옆의 으슥한 곳에 감추고 다시 입구 앞으로 다가갔다.

입구는 시커멓고 커다란 철문으로 가려져 있으며 어린아이 머리통 크기의 자물쇠가 걸려 있었다.

철황이 뇌옥 상공에서 정지비행을 했으니까 요령은 뇌옥에 갇혀 있는 것이 분명했다.

우둑…….

그가 오른손으로 가볍게 잡고 슬쩍 비틀자 커다란 자물쇠는 그대로 으깨어져서 바닥에 떨어졌다.

스릉… 철컹!

그는 주위를 한 차례 살펴보고 아무도 없다는 것을 확인한 후에 철문을 밀고 거침없이 안으로 들어갔다.

안쪽은 돌계단이 아래로 길게 직선으로 가파르게 뻗어 있으며 양쪽에 드문드문 유등이 밝혀져 있어서 그다지 어둡지 않았다.

대략 백여 개의 기다란 계단이 끝나는 아래쪽은 바닥이며 정면은 막혔고 오른쪽으로 구부러져 있는데 그 안쪽에 세 명이 있으며 그중에 한 명이 계단 쪽으로 빠르게 다가오고 있다는 사실을 감지했다.

조금 전 철문이 열리는 소리를 듣고 확인을 하려고 오는 것 같았다.

퍽!

"끅!"

쾌도비는 속도를 조금도 늦추지 않고 쏘아 내려가면서 검지로 무형강기를 뿜어내 계단 쪽에 막 나타난 고수의 얼굴 한복판을 관통시켰다.

절정고수가 손가락에서 뿜어내는 것은 보통 지풍(指風)이고 바람을 일으키는 수법인데, 위력이 강하면 나뭇가지를 부러뜨리는 정도다.

그보다 더 강한 것이 지공(指功)이며, 체내의 공력을 손가락을 통해서 뿜어내며 단단한 바위에 한 치에서 세 치 깊이의 구멍을 뚫는다.

이 정도의 대단한 지공을 전개하려면 최소한 이 갑자 백이십 년 이상의 심후한 공력을 지녀야 하고 사신이나 구파일방의 최고 수장이나 장로쯤 돼야 전개할 수 있다.

그렇지만 쾌도비가 지금 전개하고 있는 것은 지공보다 더 높은 경지의 지강(指罡)이다.

지강은 체내의 공력을 그대로 뿜어내는 지공하고는 근본적으로 차원이 다르다.

체내에서 공력을 강기로 전환시킨 다음에 발출하기 때문에 그 위력은 한 뼘 이상의 강철을 뚫고 화강암을 두부처럼 으깨어 버린다.

쾌도비는 지강을 따로 배운 적이 없다. 그저 오른팔의 공력을 비쾌법의 천지무쌍쾌의 구결에 따라서 손가락으로 뿜어내는 것인데 그것이 천하일품의 지강이 된 것이다.

쾌도비는 여세를 몰아서 단숨에 바닥까지 내려와 바닥에 한쪽 발을 딛는 것과 동시에 망설임 없이 오른쪽으로 꺾으면서 튀어 나가며 오른손을 뻗었다.

방금 얼굴 한복판에 구멍이 뚫려서 뒤로 퉁겨진 동료를 보고 놀라서 어깨의 검을 뽑으며 계단 쪽으로 달려오고 있는 두 명의 고수를 발견하자마자 쾌도비의 검지와 중지에서 무형강기, 즉 지강이 뿜어졌다.

퍼퍽!

한 명은 미간에 또 한 명은 목 한가운데에 지강이 적중되어 뒤로 퉁겨져 날아가는 도중에 숨이 끊어졌다가 긴 통로 바닥에 패대기쳐졌다.

쾌도비는 천천히 걸어가면서 주위를 살폈다. 복판에 긴 직선의 일 장 정도 폭의 통로가 있고 양쪽에 철문이 굳게 닫힌 뇌옥들이 마주 보고 죽 이어져 있었다.

"령아!"

그는 초조한 심정으로 통로에 들어서며 큰 소리로 외쳤다. 하지만 그의 목소리가 메아리 되어 돌아올 뿐 아무 소리도 들리지 않았다.

퍽!

발에 방금 죽은 두 고수의 시체가 닿자 발로 차서 더 멀리 날려 보냈다.

그는 공력을 끌어 올려 뇌옥 내에서 발생하는 어떤 소리라도 감지해 보려고 했다.

그러자 고요한 중에 매우 흐릿하면서도 불규칙적인 숨소리가 감지되었으며 통로 끝 좌측의 뇌옥 안에서 흘러나오고 있었다.

쉬익!

그는 그 숨소리가 귀에 익은 요령의 숨소리라는 것을 확신하고 통로의 막다른 곳으로 쏘아갔다.

쿵! 쾅!

오른발로 힘껏 걷어차자 굳게 닫힌 철문이 우그러지면서 떨어져 나가 뇌옥 안쪽 맞은편 벽에 부딪쳤다.

뇌옥 안으로 성큼 들어선 그는 재빨리 실내를 둘러보다가 한쪽 벽면에 시선이 멈추며 눈을 크게 떴다.

그의 시선이 멈춘 벽면에는 하나의 너덜너덜한 물체가 매달려 있었다.

그것은 분명히 사람이지만 사람이라는 것을 알아보기까지는 약간의 시간이 걸렸다.

더구나 그 사람이 요령이라는 사실을 알아보기까지는, 아니, 쾌도비가 그것을 인정하는 데에는 더 오랜 시간이 걸렸으며 인내를 필요로 했다.

"령아……."

너무 큰 충격을 받은 그는 요령이라고 생각하는 너덜너덜한 물체를 향해 휘청거리면서 벽으로 다가갔다.

요령은 두 팔이 머리 위 양쪽으로 활짝 벌려진 상태에서 양손목이 철갑에 채워져 있었다.

그리고 철갑은 굵은 쇠사슬에 연결되었으며, 쇠사슬 끝은 벽에 깊숙이 박혀 있었다. 그리고 그녀의 두 다리 역시 찢어지지 않을 정도로 활짝 벌려져서 역시 철갑과 쇠사슬에 묶인 상태였다.

그녀는 정신을 잃은 듯 고개를 푹 숙이고 있으며, 온몸에 시뻘건 색의 붉은 옷을 입고 있었다.

그러나 부릅뜬 눈으로 자세히 들여다보고는 그것이 옷이 아니라 온몸에서 흘린 피가 굳어서 옷처럼 보인다는 사실을 깨닫고 그는 턱을 덜덜 떨었고, 부릅뜬 눈에서는 왈칵 눈물이 쏟아졌다.

"흐으으… 령아……."

요령이 절대적인 능력이 있는 신도 아닌데 그녀에게 팔신궁의 일을 완전히 맡겨두고 쾌도비는 너무도 안일하고 무심했었다.

만약에 그녀가 발각되는 일이 있더라도 알 수 없는 신묘한 수법으로 쉽사리 탈출할 것이라고만 믿었지 붙잡혀서 이렇게 지독한 고문을 당할 줄은 상상도 하지 못했었다.

어쩌면 이것은 그녀를 모른 체 내팽개쳐 둔 방임의 결과에 다름 아닐 것이다. 그녀를 이렇게 만든 것은 쾌도비 자신이었다.

그는 그녀에게 바짝 다가가서 손을 뻗다가 차마 그녀를 만지지 못하고 비통함과 분노로 몸을 부들부들 떨었다.

피에 흠뻑 젖은 머리카락이 온통 뒤덮고 있어서 얼굴을 알아보지도 못했다.

슥…….

그는 두 팔을 벌려 조심스럽게 그녀를 끌어안았다. 그녀는 실오라기 한 올 걸치지 않은 알몸이었다.

그가 그녀를 안으니까 온몸에 생긴 상처가 터져서 꿀럭꿀럭 피가 흘러나왔다.

철컹… 뚜뚝…….

그는 쇠사슬과 철갑을 썩은 줄처럼 끊어버리고 그녀를 조심스럽게 바닥에 눕혔다.

이어서 그녀의 손목을 잡고 맥을 짚어보았다. 매우 흐릿하게 맥이 뛰고 있었으며 피를 너무 많이 흘려서 회생하기 어려운 상태였다.

일단 급한 것이 어디를 얼마나 다쳤는가 하는 것이다. 그녀의 전신을 빠르게 그러나 샅샅이 살피면서 상처를 지혈하기 시작했다.

온몸에 성한 곳이 없었으며 상처는 무려 삼십여 군데에 이르렀다.

더구나 옥문에서도 피가 흘러나왔다. 자세히 살펴보니 겁탈당한 것 같지는 않았으나 내장이나 자궁이 잘못되어 피를 흘리는 것 같았다.

그 증거로 옥문뿐만이 아니라 항문에서도 시커먼 피가 흘러나오고 있었다.

온몸에 든 피멍으로 미루어 둔기로 심하게 매질을 당할 때 뼈가 부러지고 내장이 파열된 것 같았다.

그는 착잡한 심정으로 그녀의 가슴 한가운데 손바닥을 밀착시키고 부드러운 진기를 주입시켰다.

충분한 진기를 주입시켰다고 여겼으나 그녀에게서는 아무런 변화도 일어나지 않았다. 여전히 눈을 감은 채 불규칙한

호흡을 하고 있었다.

이러다가는 그녀의 호흡이 언제 끊어질지 장담할 수가 없다. 지금 당장 숨이 끊어지더라도 조금도 이상하지 않을 만큼 그녀는 위중한 상태다.

그는 요령을 한시바삐 소요장으로 데려가야겠다고 판단하여 자신의 옷을 벗어 그녀에게 입혔다.

이어서 그 자신은 벌거벗은 상체에 창룡도를 메고 오른손에 비도쾌를 잡고는 그녀를 들쳐 업고 옷소매를 잡아당겨 가슴에 질끈 묶었다.

만약의 사태에 대비하여 싸움이라도 벌어지면 업고 있는 그녀를 떨어뜨리지 않기 위해서다.

그가 밖으로 나와 빠르게 통로를 쏘아 나가는데 갑자기 그가 들어왔던 돌계단 위쪽에서 육중한 소리가 들렸다.

쿵!

눈으로 보지 않아도 그 소리가 철문이 닫히는 것이라는 사실을 알아차렸다.

함정에 빠졌음을 직감했다. 뇌옥에 갇혀 있는 요령을 구하려는 자를 함정에 빠뜨리려고 뇌옥 입구 주변에 팔신궁 고수들이 미리 은밀하게 잠복하고 있었던 것이 분명하다.

극심한 고문을 당한 요령이 모든 사실을 실토했는지 어땠는지는 알 수가 없다.

그렇지만 설혹 실토했다고 해도 그녀를 나무랄 생각은 추호도 없다.

오히려 그녀를 팔신궁에 보낸 쾌도비 자신이 용서할 수 없을 만큼 증오스러웠다.

요령은 어느 날 갑자기 불쑥 나타나서 자신이 주소옥의 의동생이라며 지금 이 순간까지 군소리 없이 묵묵히 쾌도비를 돕기만 했었다.

술을 좋아하고 아무에게나 반말을 해대지만, 그녀는 드러나지 않는 음지에서 쾌도비의 눈과 귀 그리고 손과 발이 되어 주었었다. 이제 생각해 보면 그녀는 음과 양으로 그를 많이 도왔었다.

그런 그녀를 그는 지나치게 홀대했었다. 마치 태양이 언제나 머리 위에 떠 있으며, 태양에게는 어떠한 보답을 하지 않아도 늘 밝고 따사로운 빛을 쬐어주니까 그 존재의 위대함을 모르거나 망각하고 있는 것처럼, 그는 요령이 항상 자신의 주위에서 철없이 툴툴거리며 그러면서도 씩씩하게 건재할 줄 알았었다.

어리석기만 한 인간이란 존재는 어째서 무슨 일을 당하고 나서야 이토록 가슴이 찢어지도록 후회하는 것인가.

변고가 벌어지기 전에 상대의 소중함을 일깨워 주는 어떤 장치는 진정 없다는 말인가.

비록 철문이 닫혔지만 쾌도비는 그 정도로는 자신을 뇌옥 안에 가둘 수 없다고 확신했다.

그는 돌계단을 빛처럼 빠르게 쏘아 오르면서 전신의 공력을 오른손의 비도쾌에 모았다.

그리고 철문을 삼 장쯤 남겨두었을 때 비쾌법 일 초식 천지무쌍쾌를 뿜어냈다.

고오오─

오랜만에 들어보는 천지무쌍쾌 특유의 음향이 그의 분노를 더욱 타오르게 만들었다.

하늘과 땅 사이에서 가장 빠르며, 천지간에서 가장 강력한 도의 힘 천지무쌍쾌.

더구나 그의 공력과 오른팔의 공력이 합쳐져서 발출되는 것이니 그 위력은 가공한 수준이다.

꽈드등!

마치 하늘이 무너지고 땅이 뒤집히는 듯한 폭음이 터지면서 두께 반 자의 철문 한가운데가 갈가리 찢어져 뻥 뚫리며 쾌도비는 조금도 망설이지 않고 그곳을 통해 바람처럼 밖으로 빠져나갔다.

철문 밖에는 다섯 명의 고수가 형체를 알아볼 수 없을 정도로 피투성이가 되어 철문에서 칠팔 장 떨어진 산비탈에 나뒹굴어 있었다.

그들은 철문 앞에 모여 있다가 철문이 뚫리면서 그 여파와 잘게 찢어져서 퍼져 나가는 쇠의 파편에 맞아서 온몸이 잘라지고 찢어진 것이다.

그러나 철문 밖에는 그들만 있는 것이 아니었다. 적어도 백 명 이상의 고수가 주위에 새카맣게 모여서 겹겹이 포위망을 구축하고 있었다.

철문을 뚫고 찰나지간에 십여 장 이상 일직선으로 쏘아 나온 쾌도비는 재빨리 주위를 쓸어보고서 순간적으로 판단을 내렸다.

현재 그의 극도로 분노한 상태로는 도저히 이대로 넘어갈 수가 없다.

철문을 뚫고 나온 여세를 몰아 그대로 밤하늘로 솟구쳐서 도주할 수도 있지만 그렇게 하면 울화병에 걸려 미쳐 버릴 것만 같았다.

그는 가슴속에서 들끓는 슬픔과 분노를 폭발시켜야 한다는 본능에 따르기로 했다.

"잡아라!"

누군가의 우렁찬 명령이 터지고 백여 명의 고수가 철문을 뚫고 쏘아 나온 상태인 쾌도비를 향해 벌 떼처럼 사방에서 몰려들었다.

그들은 쾌도비가 도주할 것이라는 생각에 사방에서 빈틈

없이 포위망을 형성한 상태로 공격해 왔다.

그러나 이대로 도주할 생각이 추호도 없는 쾌도비는 발끝이 경사진 산비탈에 닿는 순간 빙글 몸을 돌리는가 싶더니 오히려 뇌옥을 향해 치고 올라가며 오른팔에 전 공력을 집중시켰다.

타앗!

그가 되돌아서 치고 올라올 줄은 추호도 예상하지 못했던 팔신궁 고수들은 움찔 놀라 신형을 멈추느라 자기들끼리 부딪치며 우왕좌왕했다.

후웅…….

파아—

좁은 우리 안에 갇혀서 우왕좌왕하는 돼지 떼 같은 그들을 향해 비쾌법 이 초식 고금제일도의 무형도강이 긴 띠가 되어 채찍처럼 휘몰아쳤다.

"큭!"

"꺽!"

"끄아악!"

팔신궁 고수들은 목과 몸통, 팔다리가 제멋대로 잘리면서 처절한 비명을 지르고, 잘라진 육편들이 허공으로 튀어 오르면서 장내는 아비규환으로 돌변했다.

사실 팔신궁은 현재 이곳에 모여 있는 고수들이 보유하고 있는 전부다.

곤명을 떠나 낙양으로 가는 자봉공주를 죽이려는 과정에서 무정도에게 팔신궁 고수 수십 명이 죽은 것은 전초전이었다.

이후 무정도는 틈틈이 팔신궁 고수들을 죽였으며 가장 결정적인 일은 이십여 일 전쯤 며칠 사이에 벌어진 대참사로 인해서 팔신궁은 치명적인 타격을 입었다.

마도방파 다섯 군데로 돈과 보물을 실은 마차 다섯 대를 보내면서 무정도를 죽이기 위해 각 방면으로 고수를 적게는 오륙십 명에서 많게는 백여 명까지 미행을 하도록 딸려 보냈었는데 그들이 며칠 사이에 모조리 떼죽음을 당하고 만 것이다.

그렇게 죽은 고수의 수가 자그마치 삼백사십여 명에 달하고, 이제 여기에 있는 백십여 명이 팔신궁에 남아 있는 전체 고수였다.

사신의 하나이며 하북성과 산동성 등 화북(華北) 사 개 성의 패자로 군림하던 팔신궁이 무정도 한 명에게 이 년여에 걸쳐서 지리멸렬하여 겨우 백십여 명만 남아 명맥만 유지하게 된 것이다.

그 인원으로는 절대로 일개 방파로 존속할 수가 없다. 더구나 사신의 하나인 팔신궁을 고작 백십여 명으로 유지한다는 것은 말도 되지 않는다.

얼마 전의 마차 사건으로 인해서 팔신궁은 부궁주 네 명과 오대장로 다섯 명을 모두 잃었다.

무정도를 죽이려고 강수를 두었으나 오히려 강타를 얻어맞고 일패도지(一敗塗地)의 상황이 되고 만 것이다.

팔신궁주 무황천신의 분노와 좌절감은 이루 말할 수 없을 정도였다.

그는 모든 것을 다 잃더라도 무정도를 기필코 죽여야겠다고 절치부심 별렀다.

그러던 차에 마침 팔신궁 내에 잠입해 있던 어린 소녀 한 명을 발견했다.

팔신궁은 그녀와 거대한 새 한 마리를 제압하는 과정에 또다시 십여 명의 고수를 잃어야만 했다.

깊은 실의에 빠져 있던 무황천신은 그녀가 필경 무정도와 연관이 있을 것이라는 확신을 갖고, 어린 소녀, 즉 요령을 뇌옥에 가둔 상태에서 자신이 직접 입회하에 갖가지 방법으로 고문을 가했었다.

그러나 그녀는 고문하는 내내 악담과 욕설을 일삼으면서 자신이 팔신궁에 잠입한 목적이나 신분에 대해서는 끝내 한마디도 발설하지 않았다.

그렇지만 무황천신은 요령을 무정도가 심어놓은 첩자라고 굳게 믿고는 그녀를 뇌옥에 가두고 주위에 은밀하게 함정을 파두었다.

언젠가는 반드시 무정도가 그녀를 구하러 올 것이라고 확신을 한 것이다.

그래서 무황천신 자신은 밤잠을 설쳐가면서까지 이곳 야산에서 열흘 이상 은둔을 하고 있었다.

그런데 과연 지성이면 감천이라고 오늘 밤 마침내 무정도와 마주치게 된 것이다.

하지만 눈앞에서 펼쳐지고 있는 광경은 무정도를 천라지망 안에 가두어 꼼짝도 못하게 만들어 잡으려던 예상하고는 완전히 딴판으로 진행되고 있다.

그는 자신이 직접 나서면, 그리고 이 정도 함정이면 무정도를 충분히 곤경에 빠뜨려서 어렵지 않게 제압할 수 있을 것이라고 여겼었다.

하지만 그가 지켜보고 있는 가운데 눈 깜짝할 사이에 수하 삼십여 명이 온몸이 제멋대로 잘라지면서 죽어가고 있지 않은가.

"멈춰라! 네놈은 내가 상대하겠다!"

산비탈 위쪽에 뇌옥 입구 근처에 서 있던 무황천신은 벼락같은 노성을 터뜨리면서 신형을 날려 곧장 쾌도비를 향해 쏘아갔다.

그러나 그가 도달하기도 전에 쾌도비는 고금제일도로 십

여 명의 고수를 더 죽였다.

아비규환에서 살아남은 고수들은 불에 덴 듯 혼비백산해서 후다닥 뒤로 물러나기 바빴다.

그리고 바닥에 수북한 잘라진 시체 더미 속에 쾌도비 혼자 염마왕처럼 우뚝 서 있었다.

그는 다섯 번째 전개한 고금제일도를 막 끝낸 상태고, 그와 동시에 팔신궁의 살아남은 고수들이 썰물처럼 사방으로 물러났고, 그 순간 무황천신이 이 장 거리에서 온몸을 날리면서 쏘아오고 있었다.

키우웅—

무황천신이 덮쳐오면서 수중의 보검을 떨치자 눈부신 오색의 검강(劍罡)이 번쩍! 폭사되는가 싶은 순간 어느새 쾌도비 코앞까지 쇄도했다.

방금 고금제일도의 전개를 끝내면서 자세를 채 바로잡기도 전에 무황천신의 검강 공격을 받게 된 쾌도비는 급히 비도쾌에 공력을 주입하면서 천지무쌍쾌를 전개하여 반격하려고 했다.

꽈쾅!

"욱!"

천지무쌍쾌는 비도쾌에서 발출되는 순간 무황천신의 검강과 격돌했다.

야산 전체를 뒤흔드는 폭음과 함께 쾌도비는 오른팔과 가슴이 뻐근한 것을 느끼며 뒤로 붕 날아갔다.

천지무쌍쾌가 약한 것이 아니라 미처 생성되기도 전에 검강과 격돌한 것이다.

이곳은 가파른 산비탈이라서 그는 허공으로 비스듬히 쏜 살같이 떠올랐으며, 무황천신은 놓칠세라 빛처럼 빠르게 그를 추격했다.

쾌도비는 상체가 뒤로 젖혀져서 벌렁 누운 자세로 날아가고 있기 때문에 순간적으로 어떻게 대처해야 할지 갈피를 잡지 못했다.

또한 퉁겨져서 날아가는 것과 신법을 전개하여 쏘아가는 것은 빠르기가 다르다.

즉, 쾌도비가 날아가는 것보다 무황천신이 추격하는 속도가 훨씬 빠르다는 것이다.

그러면서 무황천신은 두 번째 검강을 발출하려고 공력을 끌어 올려 검에 주입했다.

이런 무방비 상태에서 정통으로 검강에 적중된다면 쾌도비로서도 어쩔 도리가 없다.

날아가면서 급히 고개를 들어보니 이 장 거리에서 쇄도해오고 있는 무황천신이 성난 표정으로 검을 치켜드는 모습이 보였다.

쾌도비의 얼굴이 절망으로 물들었다. 하지만 이런 상황에서도 자신의 안위보다는 팔신궁을 쑥밭으로 만들지 못하고 또 요령을 살릴 수 없다는 사실이 가슴 아팠다. 분노가 절망보다 더 컸다.

삭—

바로 그 순간 날아가던 그의 몸이 멈칫하는 것 같더니 찰나지간 까마득한 밤하늘로 치솟았다.

우령이 철황을 몰고 와서 위기의 순간에 그를 낚아채서 솟구쳐 오른 것이다.

무황천신은 눈앞에서 시커먼 물체가 오른쪽에서 왼쪽으로 번뜩이는가 싶더니 쾌도비가 씻은 듯이 사라지는 것만 보았을 뿐이다.

"여보……."

우령은 쾌도비의 팔을 낚아채서 밤하늘로 치솟아 오른 후에 그를 자신의 뒤쪽으로 끌어 올려 앉혔다.

그녀는 너무도 다급한 경황 중에 그를 '여보'라고 불렀다는 사실을 깨닫지 못했다.

쾌도비는 우령이 자신을 위기에서 구했다는 것과 철황이 거의 수직으로 상승 중이라는 사실을 깨닫고 즉시 왼팔로 힘껏 그녀의 허리를 안았다.

이어서 급히 뒤돌아보며 요령이 안전한지 살펴보았다. 첫 번째 검강과의 격돌로 인해 아직도 가슴과 오른팔이 뻐근했으나 요령을 살피는 일이 최우선이다.

그녀는 쾌도비가 그 난리를 벌인 중에도 다행히 그의 등에 단단히 업혀 있었으나 아직도 깨어나지 못하고 있다는 것은 불행한 일이다.

"다치지 않았어요?"

"나는 괜찮다."

검강에 의해서 내상을 입은 듯하고 또 요령의 상태가 걱정되는 중에도 우령의 염려어린 말을 들으니까 그는 마음이 놓였다.

"요 낭자만 구해서 나올 것이지 왜 싸우고 그래요?"

뒤돌아보면서 소리치는 그녀의 얼굴이 눈물에 젖어 있었고 목소리는 책망보다는 걱정이 짙어서 쾌도비는 마음이 더욱 푸근해졌다.

은조가 밤을 꼬박 새워서 정성껏 요령을 치료하고 나서 쾌도비에게 말해주었다.

"천첩이 할 수 있는 한 최선을 다했지만 소생할 것이라고 장담할 수가 없군요."

하룻밤 사이에 퀭한 몰골이 된 쾌도비는 요령을 치료하느라 그보다 더욱 초췌한 모습이 된 은조를 물끄러미 바라보다가 고개를 끄떡였다.

"수고했어."

"미안해요. 천첩의 능력이 이것뿐이라서……."

"아니다. 조아는 최선을 다했어."

은조가 요령을 치료하는 동안 자리를 떠나지 않고 옆에서 지켜본 쾌도비는 그녀가 얼마나 정성을 쏟았는지 잘 알고 있다.

"좀 쉬세요."

"이 지경이 된 령아를 놔두고 어떻게 쉬겠어?"

침상 옆 의자에 앉아 있는 그는 서 있는 은조를 무릎에 앉히고 부드럽게 등을 쓰다듬었다.

"여긴 내게 맡기고 조아는 가서 쉬도록 해."

은조는 몹시 기진맥진했으나 그의 자상한 위로에 피곤함이 싹 가시는 것 같았다.

툭툭…….

"령아를 계속 치료해야 할 테니까 조아가 피곤하면 안 돼. 어서 가서 쉬도록 해."

쾌도비는 그녀의 둔부를 두드리며 일으켜 등을 밀었다.

"당신의 시중을 들도록 호연을 보낼까요?"

은조는 쾌도비와 호연의 관계를 알고 있으면서도 그녀로

하여금 계속 쾌도비의 시중을 들게 했었다.

하지만 그렇게 하는 것은 쾌도비 쪽에서 너무 불편하여 받아들이지 못하고 호연을 자기 방에서 그냥 편하게 지내도록 해두었다.

은조의 말에 그는 문득 자신이 호연뿐만 아니라 우령하고도 깊은 관계를 맺었다는 생각이 들어서 가슴이 답답해졌으나 내색하지 않고 고개를 가로저었다.

"너는 내가 밉지 않느냐?"

"밉기는요?"

은조는 수줍게 미소 지었다.

"나는 괜찮으니까 그만 가서 쉬어."

"네."

은조는 잠시 머뭇거리다가 고개를 숙여 그의 뺨에 조심스럽게 입을 맞추더니 얼굴을 붉히며 종종걸음으로 급히 방을 나갔다.

第七十六章

화전충화(花田衝火)
—꽃밭에 불을 지른다

쾌도비는 요령이 누워 있는 침상가 의자에 꼿꼿한 자세로
앉아서 그녀에게서 시선을 떼지 않았다.

가끔 착잡한 표정으로 실내를 둘러보기는 하지만 대부분
의 시간을 요령을 쳐다보면서 보냈다. 그녀의 작은 변화 하나
라도 놓치지 않으려는 의도다.

요령은 얼굴에 핏기 한 점 없고 꼼짝도 하지 않아서 마치
시체 같은 모습이다.

그녀의 얼굴에도 상처가 여러 군데 있다. 이마 한가운데와
왼쪽 눈 위가 둔탁한 것에 맞아 함몰되었고, 코뼈가 부러졌으

며 귀밑도 길게 찢어져서 전체적으로 얼굴이 검푸르게 멍들었으며 부어 있었다.

쾌도비는 이렇게 가까이에서 그리고 이렇게 오랫동안 요령의 얼굴을 뚫어지게 들여다본 적이 한 번도 없었다.

그는 요령이 한 번도 예쁘다는 생각을 해본 적이 없었다. 그녀를 여자로 보지 않고 단지 누이동생이나 선머슴아처럼 여겼기 때문이다.

그러나 그는 지금에서야 새삼스럽게 그녀가 예쁘다는 생각이 들었다.

형편없이 붓고 깨지고 찢어져서 세상의 어느 추녀보다도 못생긴 모습이 됐는데도 그에게는 어떤 절색미녀보다 아름답게 보였다.

슥—

그는 이불을 약간 걷고 오른손을 깊이 집어넣어 요령의 가슴 한복판에 손바닥을 활짝 펼쳐서 밀착시키고 진기를 주입하기 시작했다.

은조가 치료를 끝내고 나간 지 한 시진밖에 안 됐지만 그사이에 그는 벌써 세 번째 요령에게 진기를 주입시켜 주고 있는 것이다.

그렇지만 두 번이나 진기를 주입했는 데도 요령의 상태는 아무런 변화를 보이지 않았다.

그래도 그는 진기주입을 계속했다. 그렇게 해야지만 자신이 그녀를 위해서 뭐라도 해주는 것 같아서 초조한 마음이 조금이라도 편해졌다.

그는 밥을 먹으러 나가지도 않았다. 그래서 우령이 쟁반에 밥과 탕, 몇 가지 반찬을 담아 가지고 들어왔다.

"소루주께선 약재를 구하러 가셨어요."

우령은 탁자를 침상 옆으로 가지고 와서 거기에 밥과 반찬을 차리면서 말해주었다.

"소루주께선 의술에 조예가 깊으신데 요 낭자를 치료하려면 몇 가지 중요한 약재가 필요하다고 말씀하셨어요."

"그래? 어디로 갔느냐?"

쾌도비는 차려놓은 밥상에 시선도 주지 않고 요령만 주시하면서 물었다.

"모르겠어요. 아마 그런 약재를 구하려면 북경 성내로 가셔야 할 것 같은데……."

"북경?"

쾌도비는 흠칫했다. 요령을 살리려다가 은조마저 잘못되는 것이 아닐까 염려가 됐다.

하지만 반드시 그 약재들이 있어야 요령을 살릴 수 있다면 은조가 무사히 약재들을 구해서 돌아오기를 비는 수밖에는 없다.

"자, 아… 해요."

우령은 그에게 식사를 하라고 권하지도 않고 자신이 젓가락으로 밥을 떠서 그의 입에 대주었다.

그는 밥을 먹을 기분이 아니었으나 우령의 미소와 그녀의 정성을 뿌리칠 수가 없어서 입을 벌렸다.

우령은 밥을 넣어주고는 고기절임 반찬을 집어서 또 그의 입에 넣어주었다.

"요 낭자는 반드시 소생할 거예요. 하지만 오래 걸릴 테니 그전에 당신이 지쳐서 먼저 쓰러지면 안 돼요. 그러려면 잘 드셔야지요."

그녀 덕분에 쾌도비는 밥 한 그릇을 다 비웠다. 우령은 그릇을 내다놓고 잠시 후에 돌아왔다.

쾌도비는 이불 속으로 손을 넣어 요령의 가슴에 손바닥을 밀착시킨 채 네 번째 진기를 주입하기 시작했다.

슥―

우령은 조심스럽게 이불을 걷었다. 요령은 아무것도 입지 않은 전라의 몸이며 여기저기 약을 바르고 헝겊을 붙여놓은 모습이라서 마치 누더기 옷을 입고 있는 듯했다.

쾌도비의 손바닥은 요령의 그리 크지는 않지만 봉긋하고 탐스러운 젖가슴을 덮고 있었다.

우령은 쾌도비의 진기주입이 끝나기를 기다렸다가 이불을 완전히 걷었다.

"소루주께서 하루에 두 번 요 낭자의 상처에 약을 바르라고 천첩에게 지시하셨어요."

그녀는 이제 자연스럽게 자신을 천첩이라고 칭했다.

요령의 얼굴에서부터 발끝까지 그녀는 서두르지 않고 차근차근 헝겊을 떼고 정성껏 약을 바른 후에 다시 새 헝겊을 붙여 나갔다.

왈칵!

"쾌 소협!"

여의사령의 막내인 열아홉 살 미령이 문을 거칠게 열고 달려 들어왔다.

"쉬이……."

운공조식을 하고 있는 쾌도비 옆에 나란히 앉아서 그를 바라보고 있던 우령이 화들짝 놀라서 벌떡 일어서며 손가락을 입에 댔다.

"무슨 일이냐?"

"큰언니, 북경 성내에 있던 본 루의 수하가 어떤 사람을 데리고 왔어요."

북경 성내에는 여의루의 고수 두 명이 변장을 한 채 남아서 상황을 살피고 있었다.

팔신궁과 자금성의 동향을 살피기도 하고 쾌도비가 특별히 부탁을 해서 맹탁과 소아가 운영하는 천은루도 가끔 들여다보라고 했었다.

"누굴 데리고 온 거야?"

"큰언니, 천은루에 문제가 생겼대요."

여의사령 중에서 우령이 나이가 가장 많기 때문에 세 사람은 그녀를 언니라고 부른다.

그때 쾌도비가 운공조식을 끝내고 눈을 떴다.

"천은루에 무슨 일이 생겼지?"

눈처럼 새하얀 살결에 순결하고 청초한 여린 미모를 지닌 미령은 깜짝 놀라 손으로 가슴을 누르며 심호흡을 하고 나서 대답했다.

"맹탁과 소아가 죽었다고 해요."

와락!

"뭐야? 누가 그러더냐?"

"으윽!"

크게 놀란 쾌도비가 인상을 쓰면서 손을 뻗어 미령의 멱살을 움켜잡자 그녀는 소스라치게 놀라 사색이 되어 신음을 토했다.

"여보!"

우령이 화들짝 놀라서 급히 쾌도비를 만류했다. 그러나 그녀가 부지중에 쾌도비를 '여보'라고 부르는 바람에 미령은 크게 놀라 눈을 동그랗게 뜨고 쾌도비와 우령을 번갈아 쳐다보았다.

슥—

"미령아! 어서 말해라. 맹탁과 소아가 죽었다고 도대체 누가 그러더냐?"

그렇지만 너무 큰 충격을 받은 쾌도비는 그런 사실을 알지 못하고 미령에게 다그쳐 묻기만 했다.

다만 우령은 자신이 실언했음을 깨닫고 당황해서 어쩔 줄을 몰랐다.

쾌도비는 맹탁과 소아가 죽었다는 말을 듣고는 잠시 요령 곁을 떠나야만 했다.

그가 들어선 방 안에는 뜻밖에도 흑심녀가 탁자 앞에 꼿꼿하게 앉아 있다가 들어서는 쾌도비를 발견하고 놀라서 벌떡 일어섰다.

"도비!"

"물러서라!"

쾌도비와 함께 들어서던 우령과 미령이 동시에 쩌렁하게 소리쳤고, 흑심녀를 지키고 있던 여의고수 한 명이 그녀의 뒷

덜미를 낚아채서 거칠게 다시 의자에 앉혔다.

"윽!"

흑심녀는 극도로 긴장한 모습이다. 그녀는 천은루의 소년 소녀들에게서 쾌도비에 대해 자세히 듣고는 그들과 함께 있으면 언젠가는 그를 만날 수 있을 것이라고 믿었다.

그런데 흑심녀가 쾌도비를 만나는 날은 예상했던 것보다 훨씬 일찍 찾아왔다.

맹탁과 소아가 죽은 날부터 영업을 하지 않고 문을 닫은 천은루에 오늘 갑자기 여고수 두 명이 불쑥 찾아온 것이다.

천은루의 소년소녀들은 이따금 찾아와서 어려운 일은 없는지 둘러봐 주던 여의루의 여고수들을 알고 있었기 때문에 그녀들을 보자 울음을 터뜨리며 맹탁과 소아가 죽던 날의 일을 자세히 설명해 주었다.

그러면서 소년소녀들은 흑심녀를 가리키며 그녀가 쾌도비의 친구라고 했다.

흑심녀는 두 명의 여고수가 강호에서 말하는 소위 일류고수라는 것을 한눈에 알아보았다.

강호도 아니고 녹림 언저리에서 밥술이나 얻어먹으면서 벌레 같은 이름을 날리던 흑심녀에게 강호의 일류고수는 하늘같은 존재나 다름이 없다.

강호인, 더구나 일류고수와 직접 상대하거나 싸워본 적은

없지만, 서툰 짓을 했다가는 눈 깜짝할 사이에 죽는다는 것쯤
은 잘 알고 있다.

이후 그녀는 두 명의 여고수 중에 한 명에 의해서 이곳 소
요장으로 끌려왔다.

아니, 쾌도비를 만나게 해준다는 여고수의 말에 절반은 제
발로 온 것이다.

그리고 채 일각이 지나기도 전에 그녀 앞에 정말로 쾌도비
가 나타난 것이다.

그렇지만 눈앞의 쾌도비는 그녀가 예전에 알고 있던 탈명
도 쾌도비가 아니었다.

쟁쟁한 여고수들에 둘러싸여, 아니, 호위를 받고 있는 그의
모습은 강호의 일류고수 이상의 기도를 뿜어내고 있다. 이게
어떻게 된 영문인지 흑심녀로서는 짐작조차도 할 수가 없는
상황이다.

척―

"무슨 일이오, 쾌 형?"

그때 쾌도비 뒤로 위걸이 두 명의 북황고수를 거느리고 들
어서며 물었다.

맹탁과 소아의 죽음, 그리고 난데없는 흑심녀의 출현으로
인해서 쾌도비는 심신이 바닥으로 추락해 있는 상태라서 위
걸의 말이 들리지 않았다.

저벅저벅…….

그는 흑심녀에게 성큼성큼 걸어갔다. 흑심녀는 그가 원래 무표정한 얼굴이지만 지금은 마치 저승사자 같은 모습이라서 자신도 모르게 흠칫 몸을 떨었다.

"흑심녀, 어떻게 된 일인지 설명해라. 하나라도 빼놓거나 거짓말을 한다면 목을 뽑아버리겠다."

흑심녀는 온몸에 소름이 좍 끼치면서 공포에 질렸다. 쾌도비가 원래 자신에게 사사로운 정이 없다는 사실은 알고 있었으나 전혀 딴 세상의 사람 같은 그가 당장에라도 죽일 것처럼 을러대자 사색이 되었다.

"도비……."

그녀가 쾌도비를 찾아 헤맸던 이유는 둘이다. 하나는 마차를 강탈한 돈과 보물의 행방을 찾아서 만약 그것을 쾌도비가 갖고 있다면 자신의 몫을 돌려받으려는 것이고, 또 하나는 그를 남자로서 원하기 때문이다.

쾌도비와 흑심녀는 두어 번 몸을 섞은 깊은 사이다. 하지만 쾌도비는 돈을 주고 기녀를 안는 대신에 흑심녀를 안았을 뿐이다.

그리고 그때 상황은 모두 흑심녀가 그를 취하게 하거나 그런 환경을 만들었기 때문이었다.

쾌도비가 자신에게 추호도 정을 품고 있지 않다는 사실을 흑심녀도 잘 알고 있다.

그렇지만 여자의 복잡하고 오묘한 마음이라는 것은 참으로 알 수가 없는 것이다.

흑심녀는 자신이 순결을 바치고 또 맹목적으로 사랑하는 쾌도비가 언젠가는 자신에게 돌아와 줄 것이라고 막연하게 믿으면서 그를 좇고 있는 것이다.

그러나 지금 그녀의 눈앞에 펼쳐지고 있는 상황은 전혀 그녀가 기대하고 있던 바가 아니다. 그녀로서는 명패조차 내밀지 못하는 상황인 것이다.

"무슨 일이죠?"

그때 약을 구하러 갔던 은조가 들어섰다. 그녀는 잘 포장된 약재를 한 보따리 안고 있었다.

북경에 갔다가 막 돌아왔는데 쾌도비가 이곳에 있다는 말을 전해 들은 것이다.

흑심녀는 그날 자신이 우연히 보고 들은 것들을 하나도 빼놓지 않고 다 설명했다.

그녀가 설명을 하는 동안 아무도 입을 열지 않았다. 단지 맹탁과 소아가 죽는 대목에서 은조가 소리를 죽여 나직이 흐느꼈을 뿐이다.

은조는 한때 팔신궁에 머물고 있다가 여의루에 보내는 전서구가 백호궁주에게 발각되는 바람에 처지가 위태로워지자 쾌도비의 도움으로 천은루에서 머문 적이 있었다. 그래서 맹탁과 소아를 알고 있다.

흑심녀의 얘기가 끝났으나 실내에는 질식할 것 같은 적막이 짙게 감돌았다.

쾌도비는 요령의 일에 맹탁과 소아의 죽음까지 겹쳐서 극도로 분노하여 어금니를 악물고 있으면서 아무 말도 하지 않았다.

"천절문 소문주 영호빈과 삼 공자 백무평이 쾌 형을 찾는 이유가 뭐요?"

이윽고 위걸이 의아한 표정으로 침묵을 깼다.

"쾌 형은 천절문의 은인 아니오? 그런데 어째서 쾌 형을 찾으려고 쾌 형이 아끼는 사람까지 죽인다는 말이오? 영호빈과 백무평이 미친 것 아니오?"

그는 도저히 이해할 수 없다는 표정을 지었다.

총명한 은조가 눈을 깜빡이면서 신중하게 말했다.

"천절문이 쾌 랑에게 원한을 품을 수는 없어요. 다만……."

"다만 뭐요?"

"일전에 쾌 랑이 강호육비인 흑창사비 용연풍을 죽인 일이 있어요. 하지만 그것은 용연풍이 자봉공주를 겁탈하려고 했기 때문에 죽일 수밖에 없었어요."

은조는 쾌도비를 대변하듯이 설명하고는 쾌도비를 보면서
물었다.

"그것은 그 당시에 현장에 있었던 천중검비 영호승도 인정
한 사실이 아닌가요?"

쾌도비는 묵묵히 고개만 끄떡였다.

위걸은 분통이 터지는 듯 주먹으로 손바닥을 치면서 열을
올렸다.

"그런데 영호빈과 백무평이 이런 짓을 하다니 절대로 용서
할 수 없소!"

"강호에는 영호승의 성품이 공명정대하다고 알려져 있어
요. 그러므로 이번 일은 영호빈과 백무평이 사형인 용연풍의
복수를 하려고 독단적으로 행동하는 것 같군요."

"쾌 형, 지금 쾌 형이 움직이는 것은 위험하니까 이 일은 내
게 맡기시오."

위걸은 쾌도비의 어깨에 손을 얹으며 힘있게 말했다.

"천절문 소문주 영호빈이나 삼 공자 백무평 정도는 나 위
걸과 북황도의 고수들이 충분히 처리할 수 있소."

'위걸! 북황도!'

한쪽에 앉아서 고개도 들지 못한 채 조마조마한 표정으로
듣고 있던 흑심녀는 '위걸'과 '북황도'라는 말에 혼백이 달

아날 정도로 경악했다.

그녀가 비록 녹림 언저리에서 노는 처지라고 해도 강호 최고 최강의 집단인 사신을 모를 리가 없다.

그런데 방금 위걸이 사신 중 하나인 북황도를 들먹였다. 게다가 자신이 위걸이라고 했다.

북황도의 소도주 중에 한 명인 북황참마도(北皇斬魔刀)의 위명은 칼을 잡고 돌아다니는 자라면 다 알고 있다. 그가 비록 강호육비는 아니지만 실력만큼은 그에 버금간다는 사실은 잘 알려져 있다.

아니, 북황도뿐만 아니라 다른 삼신의 천절문이나 여의루, 팔신궁에 대해서도 강호인들은 반드시 알고 있어야 하는 필수적인 상식처럼 부지런히 공부한다.

흑심녀는 정신이 반쯤 나간 얼굴로 위걸을 쳐다보았다. 조금 전까지만 해도 곰처럼 덩치가 큰 놈이라고 생각했던 그가 갑자기 위대하게 보였다.

"그렇게 하세요."

위걸의 말에 은조가 동조했다.

"당신은 팔신궁을 거의 전멸시킨 장본인이기 때문에 북경성내에는 가지 않는 게 좋겠어요. 더구나 어제는 요 낭자를 구해오면서 또다시 팔신궁 고수 삼십여 명을 죽였다고 우령에게 들었어요."

쾌도비는 얼굴을 보기 싫게 찌푸렸다.

"팔신궁은 칠팔십여 명밖에 남지 않았으니 빈껍데기일 뿐이야. 어제 령아만 아니었다면 무황천신하고 생사를 결했을 것이다."

우령 덕분에 위기에서 벗어났던 그는 화가 나서 오히려 우령을 탓하고 있다.

듣고 있는 흑심녀는 대경실색해서 아예 혼절할 지경이다. 쾌도비가 사신의 하나인 팔신궁을 거의 전멸시켰다는 말이나, 어제도 그가 팔신궁 고수 삼십여 명을 더 죽였으며, 그래서 팔신궁이 칠팔십여 명밖에 남지 않은 빈껍데기라는 말 등은 새빨간 거짓말처럼 들렸다.

그런 일들이 현실에서 일어날 리가 없기 때문이다. 더구나 그 장본인이 쾌도비라니 더욱 믿을 수가 없는 일이다.

뿐인가. 쾌도비의 말은 또 얼마나 오만한가. 어제 무슨 일이 있었는지는 몰라도 '령아'만 없었다면 팔신궁주 무황천신과 생사를 결했을 것이라고 분노하고 있지 않은가.

무황천신이라니, 흑심녀 수준의 사람들은 별호만 듣고도 오줌을 지리는 엄청난 거물인 것이다.

'이것들 지금 무슨 수작을……'

그래서 흑심녀는 쾌도비를 비롯한 모두들 자신을 속이려고 수작을 부리는 것이라는 생각이 들었다.

그렇지만 흑심녀가 무슨 생각을 하는지 전혀 관심이 없는 은조는 온화한 표정으로 쾌도비를 설득했다.

"이빨 빠진 팔신궁이 두려운 게 아니라 자금성이 문제예요. 태자나 중천왕자 주우명은 아직도 당신을 찾으려고 혈안이 되어 있어요."

위걸이 거들었다.

"은 매 말이 맞소. 쾌 형이 자봉공주를 천절문에 무사히 데려다준 것은 그만두고서라도, 쾌 형이 보현공주를 죽인 것 때문에 자금성은 무슨 일이 있어도 쾌 형에게 복수를 하려고 들 것이오."

"……."

분노하는 표정을 짓고 있는 쾌도비를 바라보는 흑심녀의 머릿속이 새하얗게 탈색되었다.

그녀도 귀가 있으므로 당금 강호, 아니, 천하에서 코흘리개 어린애마저도 가동주졸(街童走卒)하는 만리난도를 그녀가 듣지 못했을 리가 없다.

방금 북황도 소도주라고 자칭하는 위걸이 말한 내용은 바로 그 만리난도의 주인공이 쾌도비라고 지목하고 있다.

쿵!

"빌어먹을!"

그때 쾌도비가 못마땅한 듯 가볍게 한쪽 발을 구르자 실내

전체가 우르르 심하게 진동했다.

흑심녀는 진동 때문에 의자에서 떨어지지 않으려고 가까스로 균형을 잡다가 무심코 쾌도비의 발밑을 보고는 까무러칠 정도로 혼비백산했다.

바닥은 단단한 청석인데 지금 그의 발밑이 반 자나 움푹 꺼져 버린 것이다.

그 광경에 흑심녀는 지금까지 자신이 들었던 모든 얘기를 믿을 수밖에 없게 되었다.

쾌도비는 주먹을 움켜쥐고 성난 표정으로 으르렁거렸다.

"맹탁과 소아는 내가 거둔 사람이야. 그들은 단지 나를 알고 있다는 사실 때문에 죽었다. 그래서 그들의 억울한 죽음을 내가 복수하겠다는데 왜 말들이 많은가?"

"여보, 천첩의 말은 그게 아니라……."

"그만둬!"

은조가 쾌도비에게 '여보'라느니 '천첩'이라고 하는 것을 아는 사람은 우렁뿐이었으나 이제는 모두 알게 되었다.

은조의 말을 쾌도비가 냉정하게 자르는 데도 위걸은 놀라움을 감추지 못했다.

"뭐, 뭐야? 두 사람 그런 사이가 된 거요?"

그는 쾌도비와 은조를 번갈아 가리키면서 어이없다는 표정을 지었다.

"여의천비가 마침내 무정도의 여자가 됐다는 말이오?"

그렇지만 지금 상황이 그런 것을 논할 때가 아닌지라 아무도 대답을 하지 않았다.

다만 흑심녀만 속이 완전히 뒤집어질 정도로 혼비백산했을 뿐이다.

'무정도와 여의천비……'

한꺼번에 두 가지 내용 때문에 경악한 것이다. 위걸의 입을 통해서 쾌도비가 무정도라는 사실이 확인되었으며, 그에게 '여보' 혹은 '천첩'이라고 한 여자가 북여의 여의천비라는 사실이 새롭게 드러난 것이다.

"내가 직접 그 연놈들을 죽일 것이다. 더 이상 토를 달면 용서하지 않겠다."

모두들 쾌도비가 이처럼 단호한 것은 처음 보는지라 아무도 입을 열지 않았다.

"알겠어요."

쾌도비의 서릿발 같은 기세에 다들 억눌린 표정을 짓는데 은조가 차분하게 입을 열었다.

"쾌 랑이 영호빈과 백무평을 직접 죽이도록 하세요. 그렇지만 그 상황에 이르기까지, 그리고 그다음에 벌어질 일들은 우리가 처리하도록 해주세요."

영호빈과 백무평을 죽이기까지는 순서가 필요할 테고, 또 그들을 죽인다고 해도 그것으로 끝나는 것이 아니라 골치 아픈 일들이 벌어질지 모르니까 그것은 은조와 위걸이 처리하겠다는 뜻이다.

"그것마저 허락하지 않는다면 우리도 쾌 랑을 이대로 보내드릴 수 없어요."

은조의 목소리는 나직하고 조용했으나 말의 내용은 단호하기 짝이 없다.

쾌도비는 언제나 복종적인 은조의 돌변한 태도에 잠시 놀랐으나 곧 정신을 수습했다.

그리고 그녀가 무엇 때문에 그러는지 깨달았다. 결론적으로 말하자면 그를 걱정하기 때문이다.

                    *   *   *

늦은 오후의 북경 성내.

자금성 동창고수 두 명이 변복을 한 모습으로 행인들에 섞여서 걸어가며 날카로운 시선으로 주위를 살피고 있다.

평범한 황의 단삼에 강호인처럼 변복을 했으나 그들이 황궁 휘하의 고수라는 것은 조금만 신경을 쓰면 금세 알아볼 수 있을 것이다.

또한 그들이 황궁 내에서도 동창고수 특유의 무표정하고

절도 있으며 위압적인 표정과 분위기를 풍겨내고 있는 것을 안목이 날카로운 강호인이라면 어렵지 않게 간파할 수 있을 터이다.

강호인들은 거리의 행인들 속에서 황궁고수와 동창, 혹은 서창고수들을 쉽게 구분해 낸다.

슛—

그때 두 명의 동창고수 앞쪽에서 다가오던 한 명의 강호인이 힐끗 뒤돌아보더니 갑자기 경공을 전개하여 빠르게 스쳐 지나갔다.

두 명의 동창고수는 뚝 멈춰서면서 한 명은 자신들을 스쳐 지난 강호인을, 다른 한 명은 무엇이 그를 갑자기 도망치듯이 달리게 만들었는지를 찾아내려는 듯 주위를 재빨리 둘러보았다.

휙—

그런데 그때 또 한 명의 강호인이 동창고수들 옆을 빠른 속도로 스쳐 지나갔다.

그것은 누가 보더라도 한 사람이 도망치고 또 한 사람이 쫓아가는 듯한 광경이다.

터럭만 한 꼬투리라도 있으면 놓치지 않고 캐내야 하는 임무를 띠고 있는 동창고수들이 이런 상황을 수수방관할 리가 없다.

그들은 의견을 교환할 필요도 없이 두 명의 강호인을 뒤쫓기 시작했다.

두 명의 동창고수는 대로를 벗어난 어느 골목 중간쯤에 멈춰 등을 벽에 밀착시킨 자세로 긴장한 채 목 안쪽에 귀를 기울이고 있다.

"삼 사형, 왜 그렇게 적을 쫓는 것처럼 무섭게 따라오는 겁니까?"

"하하… 미안, 오 사제. 동창고수들이 보이기에 좀 골려주고 싶은 생각이 들어서 말이야."

두 명의 동창고수는 골목 안쪽 막다른 곳에서 들려오는 대화에 귀를 기울이고 있다.

알고 보니 그들이 쫓던 두 명의 강호인은 같은 문파의 인물들인 것 같았다.

방파는 이해를 위해서 모인 집단이기 때문에 사형이나 사제 같은 호칭을 사용하지 않는다.

동창고수들은 저자들이 자신들을 골렸다는 말을 듣고 덮쳐서 제압해야겠다는 눈짓을 보냈다.

그런데 그들이 행동을 취하기도 전에 걸음을 멈추게 하는 대화가 들렸다.

"하하하! 황궁이 적대시하는 천절문의 고수들이 동창고수

혼을 빼놓고 다닐 줄이야 꿈에도 모를 겁니다."

"그러게 말이다. 그들이 설마 우리 천절문 고수들이 북경까지 와서 성내를 버젓이 돌아다닐 것이라고 어찌 상상이나 하겠느냐?"

동창고수들은 움찔하더니 곧 눈이 새파랗게 빛났다. 그런데 그들의 가슴을 두근거리게 만드는 대화가 골목 안쪽에서 들려왔다.

"소문주와 삼 공자는 아직 거기에 계십니까?"

"그렇다. 모두들 녹평장에 계시다. 자금성에 대한 계획이 무르익고 있으니까 너도 싸돌아다니지 말고 할 일이나 제대로 해라."

"알았습니다. 삼 사형."

그리고는 말이 뚝 끊어져서 두 명의 동창고수는 그들이 또다시 무슨 중요한 말을 더 할지 몰라서 잠시 기다렸으나 골목 안쪽은 조용하기만 하다.

그래서 아차 싶어 달려 들어가 보니까 골목 안은 막다른 곳까지 텅 비어 있었다.

그곳에서 백오십여 장쯤 떨어진 대로변의 어느 주루 안 구석진 자리에 조금 전에 골목 안에서 대화를 나누었던 천절문의 고수 두 명이 나란히 앉아 있고 맞은편에는 또 다른 한 명이 앉아 있다.

"두 명의 동창고수가 자금성으로 부리나케 달려가는 것을 보고 이리 온 것입니다."

"그놈들 우리 대화를 엿듣고는 대어라고 생각했는지 매우 흥분했더군요."

두 명의 천절고수가 재미있다는 듯 웃으면서 목소리를 낮추어 말하자 맞은편에 앉은 중년의 장한은 전혀 웃지 않는 차분한 표정으로 물었다.

"분명하냐?"

"그렇습니다. 두 놈이 우리 대화를 듣고 나서 곧장 자금성으로 들어가는 것을 확인했습니다."

중년인은 비로소 얼굴을 풀었다.

"잘했다."

"당주님. 소도주께선 언제 오십니까?"

천절고수의 물음에 당주라고 불린 중년인은 표정이 굳어지며 재빨리 주위를 살피고 나서 눈짓으로 입조심을 하라고 주의를 주었다.

그때 주문한 요리가 나오고 점소이가 돌아가자 당주는 먼저 젓가락을 들었다.

"우리 할 일은 다 했다. 먹어라."

그때부터 세 사람은 묵묵히 그러나 부지런히 요리를 먹기 시작했다.

　이들은 북황도 소도주 위걸이 북경 성내에 심어둔 수하들로서 두 시진 전에 소도주가 보낸 전서구를 받았었으며, 거기에 적힌 대로 실행하여 성공시켰다.

　즉, 녹평장에 천절문 소문주 영호빈과 삼 공자 백무평이 있다는 사실을 동창고수에게 흘린 것이다.

*　　　*　　　*

　"무슨 일이 있어도 천절문 소문주 영호빈을 사로잡아야만 한다."

　드넓은 연무장에 질서 있게 도열해 있는 동창, 서창고수들과 황궁고수들을 굽어보면서 돌계단 위에 우뚝 서서 웅혼한 목소리로 말하는 중천왕자 주우명의 목소리에는 잔뜩 힘이 들어가 있다.

　돌계단 바로 아래에 도열해 있는 동창과 서창의 고수는 각 삼백 명씩이고, 좌우의 황궁고수는 칠백 명, 도합 무려 천 명이다.

　주우명은 천절문 소문주 영호빈을 사로잡아서 인질로 삼아 자봉공주와 맞교환을 하자고 요구할 계획이다.

　그러면 천절문주 영호승이 아무리 자봉공주를 사랑하여

혼인을 하고 싶다고 해도 누이동생을 헛되이 죽게 내버려 두지는 않을 터이다.

주우명은 누이동생 보현공주 주선란이 무정도에게 무참히 살해당한 이후 지금까지 오로지 무정도를 찾기 위해서 광인처럼 살아오고 있다.

그는 주선란이 죽은 책임이 자신에게 있다고 믿기 때문에 그녀가 죽은 이후 한순간도 괴로움에서 벗어나 본 적이 없었다.

주선란은 둘째 오빠인 그와 함께 행동을 하다가 무정도에게 당해서 중상을 입었으며, 그 상태에서 또다시 무정도에게 납치됐다가 처참한 시체로 발견됐었다.

그녀를 살해한 것은 무정도지만 그녀가 죽도록 내버려 둔 것은 주우명 자신이라고 자책하고 있기에 괴로움에서 벗어나지 못하고 있다.

주우명과 주선란은 부친인 황제와 태자 주청운이 추진하고 있는 남령왕 일족의 몰살계획에 대해서 까맣게 모르고 있었으며 그 일에 관심도 개입도 되어 있지 않았었다.

그랬었는데 우연찮게 그 일에 끼어들게 되어 주선란이 비명에 죽고 말았다.

황제와 태자는 처음에 자봉공주를 죽여서 천절문과의 연결고리를 끊으려고 했었던 작은 일이 현재는 눈덩이처럼 커져서 천하 전체가 들썩이게 돼버렸다.

그렇지만 주우명으로서는 그 따위 것은 모르고 알고 싶지도 않았다.

그의 목적은 오로지 누이동생 주선란을 죽인 무정도를 잡아서 가장 통쾌한 방법으로 죽여 그의 수급을 주선란의 제단에 바치는 것뿐이다.

천절문 소문주 영호빈을 사로잡으면 자봉공주와 맞교환을 하고, 그다음은 자봉공주를 이용해서 무정도를 잡아들인다는 것이 주우명의 계획이다.

주선란이 죽은 이후 제대로 먹지도 자지도 못하고 무정도를 찾느라 동분서주했었는데, 오늘 우연찮게 대어를 잡을 수 있게 되어 그는 흥분을 주체하지 못했다.

동창고수가 갖고 온 정보, 즉 북경 성내 녹평장이라는 곳에 천절문 소문주 영호빈과 삼 공자 백무평이 머물고 있다는 것은 이미 고수들을 보내서 확인을 했다.

타초경사(打草驚蛇), 즉 섣불리 풀을 건드려서 뱀을 놀라게 할까 봐 장원 내로 잠입하여 영호빈과 백무평이 있는 것은 직접 확인하지 못했으나 그들이 있을 가능성이 높다는 것은 분명했다.

第七十七章

통운망극(痛隕罔極)

—그지없이 슬프도다

쾌도비 쪽에서는 이번 일에 소수정예가 나섰다.

쾌도비와 여의사령, 그리고 위걸과 그의 심복수하인 천지
쌍패(天地雙覇) 두 명, 그래서 도합 여덟 명이다.

영호빈과 백무평이 있다는 녹평장은 북경 성내 서문인 부
성문(阜城門) 근처에 위치해 있다.

부성문 일대는 점포가 하나도 없기 때문에 해만 지면 무덤
속처럼 고요해진다.

은조는 요령을 치료하느라 같이 오지 못했지만 이미 대단
한 활약을 했다.

북경 성내를 수색하는 황궁고수나 동창, 서창고수에게 영호빈과 백무평이 있는 녹평장의 위치를 슬쩍 흘려서, 자금성을 끌어들여 그들로 하여금 급습을 하도록 한다.

그리고 혼란한 틈을 노려서 쾌도비가 영호빈과 백무평을 죽이는 한편, 위걸 등은 끌려간 소년 군아를 구해내고 여의사령은 탈출로를 확보한다는 식의 기막힌 계획은 은조의 머리에서 나온 것이다.

이른바 병법에 나오는 남의 칼을 빌어서 사람을 죽인다는 차도살인지계(借刀殺人之計)다.

쾌도비 일행은 녹평장이 있는 부성문에서 삼백여 장쯤 떨어진 대로변의 어느 주루에 모여 있다.

주루 이 층 밀실의 둥글고 커다란 탁자에는 먹음직스러운 여러 종류의 요리가 차려져 있지만 둘러앉은 사람들은 아무도 요리에 손을 대지 않았다.

분노의 표정을 억누르고 있는 쾌도비를 제외한 모두의 얼굴에는 긴장의 기색이 역력했다.

그런데 모두 여덟 명이어야 하는데 일곱 명뿐이다. 우령이 보이지 않았다.

현재 우령은 철황을 타고 녹평장 상공 높은 곳에 정지비행을 하면서 장원 내부를 살펴보고 있을 것이다.

쾌도비 등이 혹시 무언가 놓치고 있는 것은 없는지, 아니면 새로운 정보를 찾기 위해서인데, 막상 일이 벌어지게 되면 그런 것들 때문에 낭패를 당하는 경우가 비일비재하기 때문이다.

또한 자금성에서 녹평장으로 이르는 길목에는 북황고수 몇 명이 잠복을 한 상태에서 동창, 서창, 황궁고수들이 녹평장으로 향하는 것을 감시하고 있다. 자금성이 움직이면 쾌도비 등도 신속하게 움직일 것이다.

침묵을 지키고 있는 쾌도비와 위걸 등은 모두 황의 경장차림 일색인데, 그것은 자금성 황궁고수들이 평소 변복을 할 때 황의 경장을 입기 때문이다.

즉, 자금성 고수들이 녹평장을 급습할 때 그들 속에 묻혀서 잠입하기 위함이다.

쾌도비는 굳게 닫혀 있는 창을 쳐다보았다. 우령이나 북황고수들에게서 아무런 연락이 없는 것을 보면 녹평장에 별다른 이상이 없으며, 또 자금성이 아직 행동을 개시하지 않았다는 뜻이다.

"창을 열까요?"

우령이 없는 대신 쾌도비 옆에 앉아서 그의 시중을 들 태세를 갖추고 있는 미령이 그가 창을 쳐다보자 조심스럽게 물었다.

"괜찮다."

우령은 미령이 있는 자리에서 자신도 모르게 쾌도비를 '여보'라고 호칭해서 낭패를 당했었다.

구구한 설명을 따로 하지 않더라도 '여보'라는 한마디 호칭은 미령으로 하여금 쾌도비와 우령의 관계를 단번에 알아차리게 만들었다.

우령은 소요장에서 철황을 타기 전에 미령을 살짝 불러서 쾌도비가 불편하지 않도록 자기 대신 시중을 들어달라고 부탁을 했었다.

슥―

굳은 표정의 쾌도비가 답답한지 빈 술잔을 집어 들자 미령이 재빨리 술을 따랐다.

쪼르르……

쾌도비가 술을 단숨에 마시는 것을 보고 위걸도 빈 술잔을 집었으나 미령은 따라줄 생각은 하지도 않고 외려 술병을 탁자에 내려놓았다.

위걸이 잔을 드는 것을 보고서도 한 행동이다. 그것은 미령이 위걸에게 사사로운 나쁜 감정을 품고 있어서가 아니라 여의사령이 평소에 매우 도도하다는 것을 단적으로 보여주는 예일 뿐이다.

즉, 여의사령 자신들은 이 남자 저 남자에게 술을 따르는 기녀 같은 존재가 아니라는 뜻이다.

그런 점에서 미령은 쾌도비와 위걸을 분명히 차별을 했다고 볼 수 있다.

천지쌍패의 지패(地覇) 보림(普琳)이 그걸 보고 자신이 술병을 들어 위걸의 잔에 공손히 따랐다. 그녀는 평소에 모든 사내를 눈 아래로 여겨서 술을 따르는 것 따위는 하지 않는 여걸이지만, 미령이 위걸을 무시하는 것을 보고는 가만히 있지 못했다.

천지쌍패의 천패(天覇) 추성(秋成)은 이십대 후반의 남자고 지패 보림은 이십대 중반의 여자다.

그렇다고 해서 두 사람이 부부나 특별히 연인 관계는 아니고, 단지 북황도의 젊은 고수 중에서 정예 중에서도 정예인 두 사람을 선발하여 위걸의 최측근으로 삼다 보니까 우연찮게 그리된 것이다.

북황도 고수들은 주로 도를 사용하는데 천지쌍패도 예외는 아니다.

더구나 천패는 긴 창처럼 생긴 도를, 그리고 지패는 쌍도를 사용하는 것이 특이하다.

"후우⋯⋯."

쾌도비는 미령이 따라준 두 번째 잔을 집어 들면서 억눌린 듯한 긴 한숨을 토했다.

사람들은 그 한숨이 그가 분노를 억제하려고 토해냈다는

사실을 잘 알고 있다.

그의 한숨을 듣고 옆에 앉은 미령은 조심스럽게 쾌도비의 옆얼굴을 바라보았다.

완강하면서도 이목구비가 뚜렷한 잘 절제된 강인한 사나이의 모습이 거기에 있었다.

미령은 예전에 처음으로 쾌도비의 모습을 봤을 때를 아직도 생생하게 기억하고 있다.

그 당시 쾌도비는 미령이 꿈에서도 그리던 이상형의 남자라서 가슴이 크게 설레었었다.

아니, 그녀뿐만 아니라 우령을 제외한 삼 령, 즉 이령 선령과 삼령 아령, 사령 미령은 쾌도비가 자신들의 이상형이라는 사실을 나중에 자기들끼리 모여서 수다를 떨면서 얘기를 할때 알게 되었다.

다만 여의사령주 우령만이 그런 세 여자를 엄하게 꾸짖었다. 쾌도비는 소루주 은조의 남편이 될 사내이니까 쓸데없는 생각은 하지 말라는 것이었다.

그러더니만 우령이 은조보다 더 먼저 쾌도비의 여자가 돼버린 것이다.

물론 그녀가 쾌도비를 '여보'라고 부른 사실을 아직은 미령 혼자만이 알고 있다.

미령은 도대체 우령이 어떻게 해서 이 완강한 사내의 여자가 될 수 있었는지 궁금해서 미칠 지경이다.

소루주 은조가 알면 날벼락이 떨어질 일이지만, 반대로 그렇게 위험천만한 애정행각이라서 한층 더 가슴이 떨리는 쾌감일 수도 있다.

"진정하세요."

쾌도비가 한숨을 토해내자 미령은 마치 누나인 것처럼 온화한 표정으로 그를 다독였다.

슥―

"이제 잠시 후면 영호빈과 백무평을 죽이고 군아를 무사히 구할 수 있을 거예요."

미령은 아무도 보지 않게 탁자 아래로 가만히 손을 뻗어 쾌도비의 허벅지에 살짝 손을 얹고 부드럽게 쓰다듬으면서 위로했다.

실내에 많은 사람이 있지만 정작 쾌도비를 위로하고 나선 사람은 가장 어린 십구 세의 미령이라서 모두들 뜻밖인 듯한 얼굴로 그녀를 쳐다보았다.

미령은 전혀 예상하지도 않았던 자신의 말과 행동에 내심 소스라치게 놀랐다.

불쑥 그런 말을 할 줄은, 더구나 손까지 뻗어서 그의 허벅지를 쓰다듬을 줄은 그녀 자신도 예상하지 못했던 돌발적인 행동이었다.

'미쳤어. 대체 어쩌자고······.'

아마도 큰언니 우령이 쾌도비의 여자가 됐다는 사실에 미령 자신도 마음이 크게 고무되어 무의식중에 도발을 한 것이 분명하다.

또한 우령이 쾌도비의 시중을 들어달라고 부탁을 하고 간 것을 무슨 굉장한 임무라도 걸머진 양 지나치게 확대해석한 것 같았다.

그렇지만 그녀는 한 번 뻗은 손을 거두지 않고 그의 허벅지 위에 가만히 놔두었다.

슥―

그런데 쾌도비가 미령을 돌아보더니 엷은 미소를 빙긋 머금으며 고개를 끄떡였다.

"알았다."

"······."

순간 미령은 온몸에 개미 수만 마리가 기어 다니는 것 같은 기이한 전율을 느꼈다.

척!

그때 문이 열리며 우령이 급한 걸음으로 들어섰다.

"쾌 소협."

우령이 빠른 걸음으로 쾌도비에게 다가오자 미령은 그의 허벅지에 얹었던 손을 급히 거두었다.

쾌도비는 우령의 얼굴이 매우 경직된 것을 보고 뭔가 대단한 정보를 갖고 왔을 것이라고 짐작했다.

"녹평장에 전혀 뜻밖의 인물이 있었어요."

쾌도비 앞에 서 있는 우령을 모두들 눈도 깜빡이지 않고 주시했다.

"천절문 태상문주인 천절성군 영호태예요!"

그녀는 단번에 말하고는 가쁜 숨을 몰아쉬었다.

그녀의 말에 실내는 대번에 질식할 것 같은 침묵과 경악 속으로 함몰했다.

천절성군 영호태는 전대 천절문주이며 현 천절문주인 영호승의 부친이다.

또한 그는 강호를 통틀어서 다섯 손가락 안에 꼽히는 초절고수(超絕高手)로 불린다.

"틀림없소?"

한참 만에 위걸이 신음하듯이 묻자 우령은 고개를 끄떡이며 단언하듯 대답했다.

"우리 여의사령은 평소 강호의 중요한 거물들에 대해서 충분히 숙지를 하기 때문에 내가 천절성군을 알아보는 것은 문제가 없어요."

"쾌 형."

웬만한 일에는 외눈 하나 꿈쩍하지 않는 위걸이지만 천절

성군의 등장에는 극도로 긴장하여, 이제 어떻게 할 것이냐고
의중을 묻는 듯 쾌도비를 쳐다보았다.

"상관없소."

그러나 쾌도비는 모두의 예상을 깨고 돌덩이처럼 굳은 얼
굴로 자르듯이 말했다.

"설사 천신이 출현했다고 해도 내 마음을 바꾸지 못하오."

자금성의 출동이 늦어지고 있다.

자금성을 지켜보고 있는 북황고수의 보고에 의하면, 현재
동창과 서창고수, 그리고 수백 명의 황궁고수가 출정 준비를
완벽하게 마쳤다고 하는데 아직 행동으로 옮겨지진 않고 있
다는 것이다.

우령이 잠시 할 말이 있다면서 쾌도비를 데리고 옆방으로
간 이후 실내에 남은 사람들은 몹시 긴장된 표정으로 앉아 있
을 뿐 아무도 입을 열지 않았다.

슥—

미령은 선령과 아령에게 측간에 다녀오겠다는 눈짓을 보
내고는 방을 나갔다.

그러나 그녀는 측간에 가지 않았다. 용변이 급한 것이 아니
라 쾌도비와 우령이 옆방에서 뭘 하고 있는지 궁금해서 견딜
수가 없어 나와본 것이다.

우령은 은조의 전갈을 쾌도비에게 전하느라 따로 옆방으로 부른 것이었다.

은조는 쾌도비 등이 소요장을 떠난 이후에 요령을 치료하다가 문득 떠오르는 것이 있어서 급히 서찰을 적어 전서구로 우령에게 보냈다.

우령은 철황을 타고 녹평장 상공에 떠 있다가 전서구를 받아 갈무리해 두었다가 쾌도비에게 전했다.

거기에는 은조가 뒤늦게 떠올린 것, 즉 일반적인 장원의 구조와 영호빈과 백무평이 묵고 있을 법한 전각의 위치, 군아가 감금되어 있을 것 같은 장소 등을 유추한 내용이 상세하게 적혀 있었다.

뿐만 아니라 자금성이 급습을 할 경우에 어떤 식으로 할 것이며, 또한 황군이 동원될 것에 대비하여 쾌도비가 어떻게 하면 좋을 것이라는 방법이 상세히 적혀 있었다.

그리고 서찰 말미에는 은조의 진심이 담긴 한마디가 조심스럽게 적혀 있었다.

─천첩의 영혼을 다 바쳐서 당신을 사랑해요.

쾌도비는 은조의 서찰을 읽고 큰 도움이 되었다. 조금 전까지만 해도 뚜렷한 대책이 없이 그저 자금성이 공격하면 그 틈을 노려서 잠입하여 영호빈과 백무평을 죽인다는 막연한 생각만 갖고 있었다.

그러나 서찰을 읽고 나서는 어떻게 해야겠다는 뚜렷한 방법을 세우고 되었다.

더구나 영혼을 다 바쳐서 사랑한다는 은조의 글에 그는 무엇보다 큰 위로를 얻었다.

"후우……."

읽고 난 서찰을 우령이 읽는 것을 보면서 그는 길게 한숨을 내쉬며 심호흡을 했다.

어쨌든 녹평장에 천절성군 영호태가 있다는 사실은 그를 극도로 긴장하게 만들었다.

영호빈과 백무평을 죽이는 것은 자신이 있지만 사실 천절성군을 상대하는 것은 무조건 백전백패라고 예상했다. 그러므로 될 수 있는 한, 아니, 무슨 일이 있어도 천절성군과 맞부딪치는 것은 피해야만 할 것이다.

"긴장돼요?"

서찰 말미에 은조의 진심이 담긴 글까지 읽고 난 우령이 서찰을 접어 품속에 갈무리하면서 쾌도비 앞으로 다가들며 조심스럽게 물었다.

"조금."

쾌도비는 솔직하게 말했다. 그렇지만 이것은 근육을 팽팽하게 만드는 기분 좋은 긴장감이고 그는 때로는 이런 긴장감을 즐기기도 한다.

"풀어드릴까요?"

"괜찮다."

우령은 아주 가깝게 다가와 그와 몸을 밀착하면서 까치발을 들고 그의 입술에 입술을 부비고 또 손으로는 그의 하체를 어루만지면서 속삭였다.

"큰 싸움을 앞두고 긴장하면 안 돼요."

그녀의 말이 옳다. 긴장한 상태로 싸움에 임하면 득보다는 실이 많은 법이다.

미령은 문틈에 한쪽 눈을 붙이고 안을 들여다보다가 심장이 멎을 정도로 소스라치게 놀랐다.

바지를 내린 모습으로 우뚝 서 있는 쾌도비 앞에 우령이 무릎을 꿇고 앉아서 무엇인가 하고 있는데 그 광경이 정통으로 보였다.

"……"

그런 광경을 난생처음 보는 미령은 마치 자신이 우령이 되어 저런 행위를 하고 있는 듯한 기분에 사로잡혀 정신을 차릴 수가 없었다.

그러는 사이에 그녀의 눈에 우령이 일어나서 바지를 무릎까지 내리고 두 손으로 탁자를 짚더니 쾌도비를 향해 뒤돌아서서 하얗고 뽀얀 둔부를 내미는 광경이 보였다.

일행들이 있는 곳으로 돌아온 미령은 심장이 미친 듯이 뛰고 얼굴이 술에 만취한 것처럼 새빨개져 있었다.

"하하! 미령 낭자는 측간에 간다고 하더니 술을 마시고 온 것이오?"

위걸이 자신을 보고 껄껄 웃는데도 미령은 아무 말도 하지 못하고 의자에 앉아 고개를 푹 숙였다.

그녀의 머릿속에는 조금 전까지 문틈으로 지켜보고 있던 쾌도비와 우령의 한 쌍의 짐승 같은 광경이 생생하게 새겨져서 지워지지 않았다.

척—

그때 문이 열리고 쾌도비와 우령이 차례로 들어왔다.

고개를 숙이고 있던 미령은 힐끗 두 사람을 쳐다보고 깜짝 놀랐다.

아까는 돌덩이처럼 굳어 있던 쾌도비의 얼굴이 지금은 평상시처럼 담담하게 돌아와 있었으며 뿐만 아니라 자신감마저 엿보였다.

또한 우령은 뺨이 살짝 보기 좋게 붉어져 있는데 얼굴에는 만족한 미소가 살포시 떠올라 있어서 마치 몹시 허기졌던 사람이 먹고 싶은·것을 배불리 먹은 직후의 포만감 가득한 표정이었다.

자리에 앉은 쾌도비는 은조가 보낸 서찰을 탁자에 내려놓으면서 이러저러한 방법으로 공격을 했으면 좋겠다는 말을 덧붙였다.

미령은 자신의 왼쪽에 앉은 쾌도비를 힐끗 보면서 놀라운 사실을 깨달았다.

그의 긴장이 완전히 풀렸다는 사실이다. 그래서 여자의 그 행위가 사랑하는 남자의 긴장을 완화시켜 줄 수 있다는 새로운 그리고 충격적인 사실을 깨달은 것이다.

쾌도비는 자신을 힐끗거리는 미령을 발견하고는 빙그레 미소를 지으며 전음을 보냈다.

[미령아, 앞으로는 몰래 훔쳐보지 마라.]

'악!'

미령은 얼굴이 새빨개져서 고개를 푹 숙이고 말았다.

'어떻게 해… 다 알고 있었어…….'

그녀는 어쩔 줄 모르고 혼자 안절부절못하다가 고개를 들고 살짝 쾌도비를 쳐다보는데 그때 그녀를 보고 있던 우령과 시선이 마주쳤다.

우령은 싱긋 미소 지으면서 새빨간 혀를 내밀어서 촉촉한 입술을 핥는 모습을 보여주었다. 그 모습은 마치 '너도 먹고 싶지?'라고 말하는 것 같았다.

드디어 주우명이 총지휘하는 자금성의 급습이 시작되었다.

쾌도비와 우령은 철황에 타고 녹평장 상공 백여 장 높이에서 선회비행을 하며 기회를 노렸다.

녹평장 주변은 백여 장 폭으로 황군 수천 명이 겹겹이 포위망을 형성했으며, 동창과 서창고수, 그리고 황궁고수 등 천 명이 일제히 장원의 담을 넘어 내부로 쳐들어갔다.

그렇지만 천 명이 녹평장에 뛰어드는 데도 파공음만 무성할 뿐 별다른 소리는 나지 않았다.

담을 넘은 천 명은 파도처럼 녹평장 내의 모든 전각으로 파도처럼 밀려들었다.

녹평장에는 십여 채의 전각이 있는데 한 채의 전각을 백여 명이 공격하는 양상이었다.

전각 안에 있던 사람의 신분이 누구든 간에 아무도 전각을 빠져나오지 못하고 동창, 서창고수들과 황궁고수들의 도검에 죽어갔다.

"으악!"

"크아악!"

녹평장 열 채의 전각 안에서 처절한 비명성만 요란하게 터져 나오고 있었다.

우지끈! 와장창!

"흐악!"

"와악!"

그때 따로 멀찌감치 뚝 떨어져 있는 두 채의 전각에서 황궁고수들이 창과 문을 부수면서 비명을 지르며 밖으로 퉁겨져서 나왔다.

그리고는 곧 세 명이 모습을 나타내더니 동창, 서창고수, 그리고 황궁고수들의 집중적인 공격을 받기 시작했다.

"저자가 천절성군이에요."

바짝 긴장한 우령이 저 아래 동쪽의 한 채의 전각을 가리키면서 급히 속삭였다.

쾌도비는 우령이 더 자세히 설명하지 않아도 천절성군을 한눈에 알아볼 수 있었다.

칠십여 세의 나이인데도 후리후리한 키와 약간 마른 듯한 체구에 백의 장포를 입었으며, 눈처럼 흰 백염(白髥)이 배까지 휘늘어졌고, 한 자루 고검(古劍)을 번뜩이며 휘두를 때마다 동창, 서창고수, 그리고 황궁고수들이 비명을 지르며 뒤로 퉁겨지고 있었다.

바로 그 선풍도골의 노인이 정파 최고수이며 최고배분 중한 명인 천절성군이었다.

그는 과연 자타가 인정하는 정파 최고수답게 한 차례 검을 번뜩일 때마다 눈부신 검기와 검강이 이리저리 어지럽게 발출되어 두세 명의 동창, 서창고수나 황궁고수들이 피를 뿌리며 쓰러졌다.

"여보, 저기예요."

우령이 천절성군이 있는 곳의 반대편이며 이십여 장 떨어진 어느 전각 앞의 정원을 가리키자 쾌도비의 시선이 즉시 그쪽으로 향했다.

그곳에는 한밤중에도 눈에 확 띄는 백의 경장을 입은 젊은 일남일녀가 서로 등진 자세로 포위망 안에 갇혀서 치열하게 싸우고 있다.

쾌도비는 그들이 두말할 것도 없이 영호빈과 백무평이라고 한눈에 간파했다.

"침착해요, 여보."

앞쪽에 앉은 우령은 혹시나 쾌도비가 물불 가리지 않고 뛰어내릴까 봐 뒤돌아보며 그를 진정시켰다.

주루에서 기다리는 동안 우령의 봉사 덕분에 긴장이 많이 풀린 쾌도비는 엷은 미소를 지었다.

"네 덕분에 긴장이 풀렸으니까 염려하지 마라."

툭툭…….

"아파……."

그가 말하면서 뒤로 쑥 내민 우령의 둔부를 두드리자 그녀
는 예쁘게 얼굴을 찡그렸다.

그는 우령을 부드럽게 안았다.

"미안하다."

남자는 자신 때문에 아파하는 여자에겐 한없이 다정해지
고 애정을 느낀다.

우령은 방그레 웃어 보였다.

"당신만 좋으면 천첩은 괜찮아요."

그때 대화를 하면서도 아래를 살피던 쾌도비는 녹평장 북
쪽의 한적한 곳 전각과 전각 사이를 세 개의 인영이 빠르게
질주하는 것을 발견했다. 황궁고수에 섞여서 잠입한 위걸과
천지쌍패다.

동창, 서창고수와 황궁고수들은 모두 천절성군과 영호빈,
백무평을 겹겹이 포위하고 있기 때문에 장원의 다른 곳들은
텅 비어서 위걸과 천지쌍패는 무인지경으로 장원을 누비고
있는 것이다.

위걸 등은 은조가 보내온 서찰에 적힌 군아가 감금되어 있
을 만한 곳, 즉 녹평장의 북쪽에 있는 창고와 별채로 달려가
고 있는 중이다.

세 사람은 황궁고수로 변장을 했으며 여자인 지패 보림은 남장을 한 모습이다.

여의사령의 선령과 아령, 미령은 녹평장 밖에서 위걸 등의 탈출로를 담당하고 있다.

"간다."

"조심하세요."

품속에서 비도쾌를 꺼내 오른손에 움켜쥔 쾌도비는 짧은 말을 남기고 영호빈과 백무평의 머리 위에서 아래를 향해 그대로 훌쩍 뛰어내렸고, 우령의 걱정 어린 당부는 그의 위쪽에서 들렸다.

그는 빛처럼 빠른 속도로 하강하면서 자세를 뒤집어 머리를 아래로 다리를 위로 하여 몸을 일직선으로 꼿꼿하게 펴고는 공력을 오른팔에 집중했다.

영호빈과 백무평을 포위하고 있는 동창, 서창고수, 황궁고수의 수는 자그마치 칠백여 명에 달했다.

목표가 영호빈을 제압하여 납치하는 것이고 이쪽은 두 명이기 때문이다.

반면에 천절성군 쪽은 삼백여 명이 포위한 상태에서 맹공을 퍼붓고 있다.

제아무리 천절성군이라고 해도 동창과 서창고수, 황궁고수 삼백여 명의 무지막지한 합공 속에서는 결코 한순간도 방

심할 수가 없을 터이다.

강호인들도 그렇지만 동창과 서창, 황궁고수들은 자금성 내에서 밥만 먹으면 늘 하는 일이 무공 연마이고 단체로 합공, 방어를 훈련하는 것이다.

그래서 이들은 일대일로 싸우는 것보다는 무리를 이루어서 검진(劍陣)이나 도진(刀陣)을 전개하거나, 적게는 십여 명, 많게는 백여 명이 커다란 마차바퀴처럼 회전하면서 펼치는 차륜전(車輪戰)과 역차륜전(逆車輪戰)에 능수능란하다.

뿐만 아니라 도검술과 궁술(弓術)을 병행하는 황궁고수들은 궁라전술(弓羅戰術)을 전개하고, 동창, 서창고수들이 자체적으로, 아니면 연합해서 천지검망공(天地劍鋩功) 따위를 펼치면 열배 백배의 위력을 발휘한다.

지금 동창, 서창, 황궁고수들은 각각의 검진과 도진, 차륜전을 전개하여 천절성군에게 맹공을 퍼붓고 있다.

각각 진을 펼치고 있지만 세 개의 진이 한 치의 오차도 없이 아귀가 딱 맞아서 위력이 훨씬 증가한 상태다.

천절성군은 자신이 딛고 선 땅 반 장 이내에서 옴짝달싹도 하지 못하는 상태에서 쉴 새 없이 수중의 검을 휘둘러 가장 가까이의 적들을 베고 찔렀다.

그가 한 차례 검을 떨칠 때마다 두세 명의 적이 정확하게 급소를 찔리거나 베어져서 죽음을 당했으나, 소나기처럼 쏟아지는 공격을 반경 반 장 이내에서 피하거나 막아야 하는 상황이므로 그야말로 한순간이라도 실수를 하면 당할 수밖에 없다.

그 역시 뼈와 살로 이루어진 인간인지라 도검이 퉁기지는 않는다.

지상과 허공이 완전히 인의 장벽으로 막혀 있으므로 어떻게 해볼 도리가 없는 것이다.

천절성군이 이 지경이거늘 영호빈과 백무평의 상황은 더욱 심각했다.

천절성군을 합공하는 것은 삼백여 명이지만, 영호빈과 백무평은 두 배가 넘는 칠백여 명에 겹겹이 둘러싸여 사방에서 소나기처럼 쏟아지는 도검의 공격에 정신을 차리지 못하는 상황이다.

그나마 불행 중 다행스런 것은 주우명이 영호빈을 산 채로 제압하라고 명령했기 때문에 합공의 강도가 천절성군 쪽보다는 매섭지 않다는 사실이다.

주우명은 포위망 바깥쪽 가까운 전각의 지붕 위에 우뚝 서서 태자 주청운의 심복인 도검룡, 즉 도룡과 검룡의 호위를 받으며 영호빈과 백무평을 굽어보고 있다.

그가 보기에 오늘 밤의 공격은 천지개벽이 일어나지 않는 한 성공할 것 같았다.

하지만 그는 밤하늘 오십여 장 상공에서 내려꽂히고 있는 검은 인영을 아직 발견하지 못했다.

슈우우…….

하강할수록 속도가 점점 더 빨라지고 있는 쾌도비는 단전의 공력과 오른팔의 공력을 모조리 오른손에 움켜잡은 비도 쾌에 집중한 상태다.

쾌도비의 작전은 이렇다. 그가 고금제일도를 전개하여 일도에 영호빈과 백무평을 죽이고 지상에 내려섰다가 전력으로 솟구쳐 오르면 우령이 철황을 타고 낮게 하강하면서 그를 태우고는 유유히 사라진다는 것이다.

그렇지만 그는 영호빈과 백무평 머리 위 삼십여 장 상공에 이르렀을 때 생각이 조금 바뀌었다.

백무평은 단칼에 죽이더라도 영호빈까지 단번에 죽이는 것이 좀 아쉽다는 생각이 들었다.

최소한 그녀가 왜 죽어야 하는지는 가르쳐 주고 나서 죽이고 싶은 것이다.

그래야지만 비명에 죽은 맹탁과 소아의 복수를 제대로 하는 것이라는 생각이 들었다.

영호빈을 보는 순간 찰나지간에 마음이 바뀌었으나 그는 반드시 그렇게 하지 않으면 안 된다고 생각했다.

퍼퍼퍽! 파팍!

"으흑……."

"악!"

백무평과 영호빈은 이미 열 군데 이상 온몸에 상처를 입었
는데 또다시 도검이 두 사람의 몸을 찌르고 베었다.

천절성군은 딸과 제자의 신음 소리를 듣고 급히 그쪽을 쳐
다보았다.

"……!"

순간 그는 딸과 제자의 머리 위 직선으로 십여 장 높이에서
내려꽂히고 있는, 아니, 오른손의 작은 칼을 딸과 제자의 머
리를 향해 힘껏 뻗고 있는 하나의 검은 인영을 발견하고 움찔
놀랐다.

다음 순간 그는 자신의 안위를 돌보지 않고 검은 인영을 향
해 수중의 검을 힘껏 뻗으며 공력을 뿜어냈다.

키유웅―

그의 검에서 투명하면서도 불그스름한 검강이 빛의 속도
로 뿜어져 나갔다.

백무평을 죽이는 것과 동시에 영호빈을 제압하여 낚아채
서 솟구쳐 올라 철황 등에 타야 한다는 생각만 머릿속에 가득
들어찬 쾌도비는 천절성군이 발출한 검강을 미처 발견하지
못했다.

비명 소리와 파공음이 난무하는 속에서 천절성군이 발출

한 검강의 음향을 골라서 듣는 것은 불가능하다.

그렇지만 쾌도비와 간발의 차이로 그의 뒤를 따라서 내려 꽂히듯이 하강하고 있는 철황 등에 앉은 우령은 그것을 발견하고 안색이 해쓱하게 변했다.

"철황, 그이를 태워라."

휘익!

그녀는 앞뒤 생각할 겨를도 없이 철황에게 명령하는 것과 동시에 쏘아오는 검강의 앞쪽을 향해 몸을 날렸다. 검강을 가로막거나 튕겨낼 방법 따위가 있을 리 없다. 그저 몸으로 막으려는 것이다.

주우명은 그제야 쾌도비와 바로 그 위에서 몸을 날린 우령, 그리고 하나의 거대한 검은 새가 쏘아내리고 있는 광경을 발견하고 움찔 놀랐으나 순간적으로 어떻게 해야 할지 갈피를 잡지 못했다.

후우…….

이윽고 아무것도 모르는 쾌도비의 비도쾌에서 고금제일도가 전개되었다.

팍!

"악!"

그러나 쾌도비는 측면에서 비명이 터지는 소리를 듣고 힐끗 쳐다보다가 눈이 찢어질 듯이 부릅떠졌다.

마치 정지된 장면처럼, 한 줄기 투명하면서도 불그스름한 빛이 자신 쪽으로 얼굴을 보인 채 허공에 떠 있는 우령의 가슴 한복판을 관통하고 있는 광경을 발견한 것이다.

'령아…….'

우령의 가슴 한가운데를 뚫은 빛살이 크게 확대되어 쾌도비의 눈 속으로 파고들었다.

그리고 두 눈을 한껏 부릅뜨고 입을 크게 벌리고 있는 우령의 얼굴이 더 큰 모습으로 확대되었다.

그녀는 죽어가면서 쾌도비를 바라보고 있었다. 그러면서 그녀의 입이 미미하게 달싹거렸다.

'사… 랑… 해… 요…….'

입술이 그렇게 말하고 있으며, 그 소리가 쾌도비의 귀에 천둥처럼 크게 들렸다.

쉬이이―

그녀의 가슴을 관통하느라 방향이 약간 굴절된 검강이 쾌도비의 귓가를 스치고 지나갔다.

삭―

그 순간 쾌도비가 발출한 고금제일도의 무형도강이 백무평의 목을 올가미처럼 묶어다가 잘라 버리고 동시에 영호빈의 검을 쥔 오른팔을 어깨에서 뎅겅 잘라 버렸다.

쾌도비의 몸은 원래 의도했던 방향으로 내려꽂히고 있으

므로 중도에 우령에게 쏘아갈 수가 없다.

"악!"

오른팔을 잃은 영호빈이 날카로운 비명을 터뜨렸다.

탓—

쾌도비는 땅에 내려서는 것과 동시에 비도쾌로 영호빈의 가슴 한복판을 찔러 그대로 들어 올리며 우령 쪽으로 방향을 바꾸었다.

원래는 영호빈만을 낚아채서 솟구치려고 했으나 이제는 우령을 구해야만 한다.

영호빈은 비도쾌의 칼날이 등 뒤로 쑥 삐져나온 채 쾌도비의 오른손에 들려져서 딸려왔다.

쾌도비는 날아가면서 우령을 향해 왼손을 한껏 뻗었다. 그 아래에서 수많은 동창, 서창, 황궁고수가 벌 떼처럼 달려들고 있었다.

우령의 흐릿해져 가는 눈길에 쾌도비의 비통함으로 일그러진 얼굴이 보였다.

그리고 측면에서 낮게 하강한 철황이 쾌도비를 태우려고 쏘아오는 모습도 보였다.

우령은 자신을 향해서 뻗은 정인의 손에 안기고 싶었다. 하지만 그럴 경우 철황이 세 사람을 제대로 등에 태우지 못할 것이라는 염려가 앞섰다.

척!

쾌도비의 왼손이 마침내 우령의 어깨를 잡았다.

탁!

그러나 우령은 최후의 사력을 다해서 그를 뿌리치면서 손바닥으로 그의 가슴을 철황 쪽으로 힘껏 밀었다.

쾌도비의 눈이 찢어질 듯이 커졌다.

"령아⋯⋯."

"여보⋯⋯."

뒤로 밀리고 있는 쾌도비는 아래로 추락하고 있는 우령을 처절한 표정으로 바라보았다.

그리고 우령은 얼굴 가득 환한 미소를 짓고 있었다. 그녀의 표정은 '당신의 여자였기에 잠시나마 참으로 행복했어요' 라고 말하고 있었다.

삭—

순간 철황이 쾌도비를 태우고 쏜살같이 비상했다. 그의 오른손 비도쾌에 산적처럼 꿰어진 영호빈도 따라서 밤하늘로 솟구쳤다.

"령아!"

쾌도비가 피눈물을 흘리며 절규하면서 굽어보고 있는 가운데 우령은 바글거리는 동창, 서창, 황궁고수들 한복판으로 떨어져 내렸다.

"멈춰라! 철황아!"

쾌도비의 부르짖음에 철황이 지상에서 오십여 장 높이에 뚝 멈추고 정지비행을 했다.

쾌도비는 비 오듯이 눈물을 흘리면서 우령을 찾아보았으나 수백 명의 동창, 서창, 황궁고수 때문에 그녀의 모습이 도무지 보이지 않았다.

그 무렵 지상에서의 모든 싸움이 일시에 정지되었으며 모두들 허공의 쾌도비를 주시하고 있었다.

"빈아!"

"무정도다! 저놈을 죽여라!"

철절성군과 주우명이 피를 토하듯이 동시에 울부짖었다.

"너……."

그때 쾌도비는 옆에서 가래 끓는 소리를 듣고 핏발이 곤두선 눈으로 쳐다보았다.

오른팔이 잘리고 비도쾌에 가슴 한복판이 꿰뚫려 쾌도비가 뻗고 있는 오른손에 매달려 있는 영호빈은 입에서 꾸역꾸역 피를 흘리며 원한서린 얼굴로 그를 쏘아보고 있었다.

"무… 정도……."

"개년!"

쾌도비는 참담함과 분노로 일그러진 얼굴로 왼손을 뻗어 영호빈의 어깨를 움켜잡고 오른손의 비도쾌를 그녀의 가슴에서 뽑아 단칼에 목을 잘라 버렸다.

휘익!

이어서 수급은 천절성군에게, 몸뚱이는 주우명에게 나누어서 던졌다.

그리고는 다시 한 번 우령을 찾으려고 아래를 굽어보았으나 그녀는 보이지 않고 황궁고수들이 일제히 그를 향해서 화살을 쏘아대기 시작했다.

쏴아아—

결국 그는 어쩔 수 없이 착잡한 심정으로 철황을 타고 밤하늘 높이 날아올랐다.

천절성군은 자신을 향해서 정확하게 날아오는 둥근 물체가 영호빈의 수급이라는 것을 알아보고 왼손을 뻗어 조심스럽게 잡았다.

피 한 방울 흘리지 않고 거울처럼 깨끗하게 절단된 목을 지닌 영호빈을 보는 순간 천절성군의 얼굴은 참담하게 일그러졌다.

"빈아……."

영호빈은 그를 보면서 눈을 한 차례 깜빡이는 것 같더니 하얗게 질린 입술을 벙긋거렸다.

"아… 버… 님……."

"빈아—!"

그러나 영호빈의 수급은 부친의 비통한 울부짖음을 듣지 못한 채 저승으로 떠났다.

한편 주우명은 자신을 향해서 날아오는 영호빈의 몸뚱이를 급히 피했다.

쿵!

영호빈의 몸뚱이는 지붕에 부딪쳐서 약간 튀어 올랐다가 축 늘어지며 멈추었다.

주우명은 아무것도 보이지 않는 밤하늘을 쏘아보면서 분노로 턱을 덜덜 떨었다.

"으으으… 무정도 이놈……."

영호빈을 다 잡았다고 생각했었는데 전혀 뜻하지 않은 일이 벌어졌다.

이 모든 일이 무정도를 죽이기 위해서 벌인 것인데, 바로 그 무정도가 나타나서 천지개벽을 일으킨 것이다.

第七十八章

억하심정(抑何心情)

— 대체 무슨 생각으로 그런 짓을 한는지 알 수가 없다

　소요장 전체는 질식할 것 같은 침통함에 빠졌다.

　영호빈과 백무평을 죽이고 군아를 구출하는 일은 성공했
으나 우령을 잃고 말았기 때문이다.

　은조와 여의삼령의 충격과 슬픔은 말로 설명할 수 없을 정
도지만 쾌도비에 비할 바가 아니다.

　쾌도비에게 있어서 우령의 존재는 무엇과도 비교할 수 없
을 만큼 소중했었다.

　주소옥의 명랑함과 은조의 차분함, 뜨거운 육체를 두루 갖
춘 우령이었다.

그리고 영원히 손에 닿지 않을 주소옥이나 가까이하기에
는 부담스러운 은조를 대신하여 쾌도비의 심신을 도맡아서
위로해 준 실질적인 아내 같은 존재였었다.

그녀에게는 무슨 말이나 행동을 거침없이 해도 괜찮았으
며, 그녀의 한마디 한마디는 쾌도비에게 힘과 용기를 불어넣
어주었었다.

그런 우령이 죽었다. 더구나 천절성군이 발출한 검강으로
부터 쾌도비를 구하고 그 검강에 대신 가슴이 관통되어 적들
의 발길에 짓밟혀 버렸다.

은조가 쾌도비를 찾아왔을 때 그는 활짝 열어놓은 창 앞에
우두커니 서서 망연자실한 표정으로 파란 하늘을 바라보고
있었다.

"여보."

"령아냐?"

은조가 조용히 부르자 그는 깜짝 놀라더니 반가운 표정으
로 뒤돌아서며 외쳤다. 우령 역시 그를 '여보'라고 불렀기에
착각을 일으킨 것이다.

그러나 상대가 은조라는 것을 알고는 곧 슬픈 얼굴로 다시
창밖을 내다보았다.

은조는 자신의 수하인 우령의 죽음에 대해서 쾌도비가 이

처럼 슬퍼하고 괴로워하는 것이 고맙기도 하고 또한 미안한 마음도 들었다.

"우령은 당신을 살렸으니 헛되이 죽지 않았어요."

은조는 그의 뒤쪽으로 다가가며 쓸쓸하게 말했다. 그렇지만 그런 말은 그를 위로하기는커녕 더욱 참담한 심정에 빠지게 했다.

"그래. 령아는 나 때문에 죽은 거야."

"……"

은조는 쾌도비가 그것 때문에 자책하고 있다는 사실을 알고 실언했음을 깨달았다.

"여보, 그 일은 어쩔 수 없었어요."

"그래서 더욱 화가 나는 것이다. 그 당시에 내가 령아를 위해서 할 수 있는 일이 아무것도 없었다는 사실이… 나는 쓸모없는 놈이었어……."

은조는 자신이 무슨 말만 하면 그것이 쾌도비를 더욱 괴롭히는 바람에 뭐라고 과연 어떻게 그를 위로해야 할지 알지 못했다.

우령의 죽음에 가장 슬퍼하는 사람은 동료인 여의삼령과 직속 상전인 은조일 것이다.

표면적으로는 그렇다. 모두들 쾌도비와 우령의 깊은 관계를 모르고 있기 때문이다.

하지만 쾌도비는 자신이 받은 충격과 슬픔이 너무 커서 은조와 여의삼령의 슬픔을 위로할 여력이 없었다.

은조는 그 후로도 오랫동안 쾌도비의 뒤에 서 있다가 그를 위로할 방법을 찾지 못하고 쓸쓸히 돌아서 방을 나갔다.

소요장이 발칵 뒤집혔다. 저녁 식사를 하라고 사람을 보냈더니 쾌도비가 방에 없다는 것이다.

그래서 소요장 안팎을 샅샅이 뒤졌으나 그의 모습은 어디에서도 보이지 않았다.

막 어둠이 내려앉은 팔신궁.

한때 화북일대를 쩌렁하게 호령하던 사신의 한 축 팔신궁은 최고정점인 천(天) 무황천신부터 사(蛇) 무극사신까지 여덟 등급 오백칠 명의 쟁쟁한 고수와 그들을 보필하는 호위고수들, 또는 궁 전체를 지키는 일반고수들, 그리고 수많은 하인과 하녀, 숙수들로 가득했었다.

그러나 화무십일홍(花無十日紅), 과거의 영화는 간데없고 지금은 궁 곳곳에서 귀신이 나올 정도로 고요하고 을씨년스럽기만 하다.

팔신궁의 찬란했던 영광이 작금의 초라한 쇠퇴로 전락한 원인이 오로지 한 사람 무정도 때문이라는 사실을 천하는 다 알고 있다.

그리고 오늘 저녁에 무정도가 다시 팔신궁에 나타났다.

쾌도비는 전각과 전각 사이 어두컴컴한 곳을 걸어가고 있는 한 명의 고수의 뒤로 유령처럼 접근하여 한 손으로 목을 움켜잡았다.

"컥!"

그는 고수를 거칠게 벽에 밀어붙이고 뒤통수에 대고 조용히 물었다.

"궁주의 거처가 어디냐?"

팔신궁에 이제 세 명 밖에 남지 않은 사해웅신 중 한 명인 고수는 자신의 뒷목을 움켜잡은 괴한이 무정도일 것이라고는 꿈에도 상상하지 못했다.

"끄으으… 웬 놈……."

우둑!

"큭!"

얼굴을 차가운 벽에 밀어붙인 상태에서 쾌도비가 손에 약간 힘을 주자 고수, 즉 사해웅신은 목뼈가 잔뜩 꺾이면서 고통스러운 신음을 토해냈다.

"두 번 묻지 않겠다. 궁주의 거처는 어디냐?"

"끄으으… 궁주께선… 연공실에 계시다……."

"연공실이 어디냐?"

"북쪽… 호수 한가운데……."

뿌득!

"끅!"

쾌도비는 말을 다 듣지도 않고 사해웅신의 목을 꺾은 다음에 그의 상의를 벗겨서 입고 있는 옷 위에 입고는 시체를 으슥한 곳에 집어던졌다.

이제는 어둠이 완연하게 내려앉은 팔신궁 내의 북쪽 인공호수 가장자리에 검은 그림자가 하나 서 있다. 사해웅신 복장을 하고 있는 쾌도비다.

그는 타원형의 인공호수 한가운데 솟아 있는 한 채의 오 층 누각을 응시하고 있다.

목이 부러져서 죽은 사해웅신의 말에 의하면 저 누각 안에서 팔신궁주 무황천신이 연공을 하고 있다고 했다.

쾌도비가 팔신궁에 온 이유는 오로지 하나다. 우령이 죽고 요령이 생사기로에 놓이게 된 것에 대해서 분풀이를 하려는 것이다.

천절성군이 어디에 있는지 안다면 그에게 갔을 것이다. 하지만 그를 찾으러 녹평장에 갔었으나 장원 전체는 폐가처럼 썰렁했고 사람은 아무도 없었다.

그래서 팔신궁으로 온 것이다. 천절성군이든 무황천신이든 갈가리 찢어죽이지 않으면 가슴속에서 화산처럼 들끓고 있는 분노와 슬픔이 풀리지 않고 그 때문에 자신이 타죽을 것만 같았다.

무황천신과 일대일로 붙으면 쾌도비가 열세일 테지만 지금은 그런 것을 생각하지 않는다.

아니, 생각 자체를 하지 않는다. 지금은 단지 분노를 터뜨릴 곳을 찾고 있을 뿐이다.

무황천신을 죽이든지 자신이 만신창이가 되든지 한바탕 생사혈전을 벌이고 싶은 것이다.

쾌도비가 자신의 안전을 염려했다면 이곳에 오지도 않았을 것이다.

저벅저벅…….

그는 인공호수 위에 길게 놓여 있는 운교 위를 거침없이 성큼성큼 걸어갔다.

누각 입구 양쪽에는 두 명의 고수가 장승처럼 우뚝 서서 지키고 있지만 신경 쓰지 않았다. 수틀리면 죽여 버리면 그만이다.

"무슨 일이냐?"

팔신에 속하지는 않았으나 무위가 무적용신 혹은 환우봉신 수준일 것으로 추정되는 무황천신의 최측근 호위 천신양위(天神兩位) 중 한 명이 가까이 다가온 쾌도비를 쏘아보며 중얼거리듯이 물었다.

"궁주는 안에 있느냐?"

"이런 미친……."

스악—

거침없는 물음에 천신양위의 얼굴이 일그러지려고 할 때 쾌도비는 오른손 소매 속에 감추고 있던 비도쾌를 재빨리 아래로 늘어뜨려서 잡는 것과 동시에 빛처럼 빠르게 그으며 고금제일도를 전개했다.

반 장 거리에서 전개되는 고금제일도를 천신양위가 피할 수 있을 리가 없다.

쾌도비는 천신양위의 목이 잘린 것을 확인하지도 않고 그대로 지나쳐 문을 열고 누각 안으로 들어갔다.

누각 안은 텅 비어 있었다. 실내를 둘러보니 위로 뻗은 계단이 있어서 쾌도비는 몸을 날려 단숨에 계단에 내려섰다가 빠르게 쏘아 올라가면서 비도쾌를 움켜쥔 오른손에 공력을 주입했다.

이 층, 삼 층, 사 층이 다 비어 있었다. 설마 무황천신이 이곳에 없나 싶어서 쾌도비의 마음은 초조해졌다.

이제 오 층 한 층 밖에 남지 않았다. 그런데 오 층 계단 맨

위로 쏘아 오른 쾌도비는 뭔가 불길함을 예감했다.

아무 소리도 기척도 없었으나 본능적으로 암습이라는 예감이 엄습했다.

그렇지만 막 계단에 오르고 있기 때문에 어느 곳에서 암습을 해오는 것인지 가늠할 수가 없다.

그러나 어쨌든 암습은 피해야겠기에 다급히 몸을 오른쪽으로 날리는 순간 갑자기 왼쪽 어깨가 화끈했다.

퍽!

그는 뒤쪽으로 몸이 퉁겨졌다가 계단에 떨어져서 요란한 소리를 내며 아래로 굴렀다.

쿠당탕!

굴러 떨어지는 순간에 그의 머리는 빠르게 돌아갔다. 방금 암습을 한 자는 아마 쾌도비가 누각 입구에서 천신양위와 말하는 것, 그리고 그들을 죽이는 기척을 들은 무황천신일 가능성이 크다.

만약 암습의 희미한 기척을 미리 감지하여 몸을 날리지 않았다면 무언지 모를 공격은 왼쪽 어깨가 아닌 그의 가슴이나 목에 적중되었을 것이고 그로써 그는 죽거나 엄중한 중상을 입었을 것이다.

우당탕!

여러 번 구르며 사 층까지 떨어지는 동안에도 그의 생각은 쉬지 않고 이어졌다.

'내가 구르기를 멈추면 일어서기도 전에 놈이 재차 공격해 올 것이다.'

그래서 그는 구르고 있는 중에 모든 공력을 오른손의 비도 쾌에 집중시켰다.

쿵!

이어서 사 층 계단 아래 바닥에 떨어져서 움직임이 멈추자 재빨리 왼쪽으로 몸을 굴렸다.

어디에서 공격할지 모를 무황천신의 두 번째 공격을 피하려는 것이다.

꽝!

과연 누각 전체를 떨어 울리는 폭음이 터지면서 방금 그가 떨어졌던 바닥에 커다란 구멍이 생겼다. 왼쪽으로 구르지 않았다면 그의 몸에 구멍이 뚫렸을 것이다.

그리고 마지막 세 번째 구르는 것이 멈추기 직전에 쾌도비 는 마침내 무황천신을 발견했다.

무황천신은 오 층에서 몸을 날려 독수리처럼 사지를 활짝 벌린 자세로 쾌도비를 향해 내려꽂히면서 세 번째 공격을 가 하려고 검첨을 흔들고 있는 중이다.

무황천신의 세 번째 공격에서 벗어나려면 지금 몸을 날려 야만 한다.

그러나 그렇게 되면 허공에서 네 활개를 편 채 떠 있는 무방비 상태인 무황천신을 공격할 수 있는 절호의 기회를 놓치게 될 것이다.

번쩍!

순간 무황천신이 검첨을 강하고 빠르게 떨치자 찬란한 오색의 검강이 쾌도비를 향해 폭사되었다.

이런 상황에 처하면 어느 누구라도 필사적으로 피하려고 할 테지만 쾌도비는 다르다.

그는 움켜쥐고 있던 비도쾌를 무황천신에게 향하며 비쾌법 일 초식 천지무쌍쾌를 발출했다. 아니, 발출하면서 동시에 몸을 옆으로 틀었다. 공격과 동시에 무황천신의 오색검강을 피해보려는 것이다.

고오오—

"……!"

무황천신은 움찔했다. 눈에 보이지는 않지만 무언가 무형의 엄청난 기운이 쇄도하는 것을 직감했다.

그는 쾌도비가 왼쪽 어깨가 관통되고 두 번째 공격을 피하느라 바닥을 구르고 있는 도중에 반격을 할 줄은 전혀 예상하지 못했다.

검강을 발출한 직후지만 그는 세 번째 공격을 포기하고 천지무쌍쾌를 피해야만 했다.

스우…….

그의 몸이 허공에 뜬 상태에서 찰나지간에 오른쪽으로 두 자 정도 이동을 했다.

그것은 마치 그가 처음부터 그곳에 있었던 것 같은 쾌속한 이동이다.

쾅! 쾅!

오색검강과 천지무쌍쾌 둘 다 빗나가서 바닥과 천장에 적중되어 구멍을 뚫었다.

양패구상(兩敗俱傷), 즉 둘 다 중상을 입거나 죽을 것을 각오하고 있었던 쾌도비는 오색검강이 자신의 바로 옆에 구멍을 뚫는 순간 몸을 일으킬 새도 없이 비쾌법 이 초식 고금제일도를 전개했다.

후웅—

쾌도비의 공격은 이번에도 눈에 보이지 않았다. 하지만 무황천신은 쾌도비가 첫 번째와 같은 공격을 전개했을 것이라고 예상했다.

무황천신 역시 옆으로 이동하는 것과 동시에 재차 오색검강을 발출하고 있었으므로 이번에도 두 사람은 양패구상의 상황에 직면했다.

'미친…….'

상대가 죽기를 각오하고 공격하기 때문에 무황천신의 얼

굴이 일그러졌다.

쾌도비는 여전히 바닥에 등을 대고 누운 자세에서 눈을 부릅뜨고 무황천신을 쏘아보았다.

이번에도 무황천신이 순간적으로 몸을 이동시킬 것이라고 예상하기 때문에 세 번째 공격을 준비하고 있다.

그렇지만 쾌도비는 이번만큼은 피하지 않을 생각이다. 계속 피해서는 귀신처럼 빠른 무황천신을 잡지 못한다고 판단한 것이다.

또한 그는 무황천신이 첫 번째 이동처럼 이번에도 왼쪽이든 오른쪽이든 좌우측면 일 장 이내에서 이동할 것이라고 예상하여 고금제일도를 띠처럼 만들어서 좌에서 우 일 장 이내를 휘저었다.

과연 죽기를 각오한 쾌도비의 예상은 적중했다. 아직 죽고 싶지 않은 무황천신은 다시 오른쪽으로 순간적으로 이동했고, 그로 인해 쾌도비를 향해 발출했던 오색검강이 궤도에서 벗어났다.

삭……

"윽!"

그와 동시에 좌우 일 장 이내를 휘저은 고금제일도의 무형도강에 무황천신의 왼쪽 다리가 걸려들어 무릎 부위에서 그대로 뎅겅 잘라지고 말았다.

그로 인해 무황천신의 몸이 허공중에서 기우뚱했다. 그는 자신이 무슨 수법에 당했는지도 알지 못했으나 왼쪽 다리가 잘라졌다는 사실을 깨달았다.

또한 자신이 일생일대의 위기에 처한 사실을 직감하고 벼락같이 상체를 잡아채듯 하며 순간적으로 뒤로 빛처럼 빠르게 날아갔다.

이미 세 번째 공격을 준비하고 있던 쾌도비는 무황천신이 뒤로 날아가는 순간 고금제일도를 삼라만상비로 바꾸어 전개했다.

스응―

삼라만상비 특유의 음향이 흐르면서 그의 손에 쥐어져 있던 비쾌도가 검푸른 섬광으로 변해 폭사되었다.

무황천신은 몸이 채 멈추기도 전에 이번에는 어떤 방법으로 공격할 것인지를 생각했다.

저기 바닥에 누워 있는 놈하고 아직 한마디도 나누지 않았지만 그가 무정도라는 사실을 한눈에 알아보았다.

아들을 무참히 죽이고 팔신궁을 이 지경으로 만든 장본인이다. 그가 도대체 무슨 이유로 느닷없이 쳐들어왔는지는 모르지만, 어쨌든 이 기회를 놓치면 천추의 한을 남길 것이라고 생각했다.

사아…….

그때 그는 목에 무언가 서늘한 느낌을 받았다. 하지만 그것이 실처럼 가느다란 도강에 의해서 자신의 목이 잘라진 것이라고는 추호도 생각하지 않았다.

슥—

일단 그는 오 층 계단 위에 가볍게 내려섰다. 쾌도비가 공격을 하지 않는다면 그와 잠깐 얘기를 나누기 위해서다. 철천지원수를 아무 말도 하지 않고 죽이고 나면 후회가 될 것 같았다.

"너……."

그는 사 층 바닥에서 천천히 일어서고 있는 쾌도비를 굽어보면서 말을 하려다가 멈추었다.

스르…….

잘라진 목 위의 머리가 미끄럼을 타듯이 천천히 흘러내리고 있었기 때문이다.

그의 머리통은 몸에서 분리되어 아래로 툭 떨어지면서 어이없는 듯 눈을 껌뻑거리며 마지막으로 자신의 정든 몸뚱이를 쳐다보았다.

퉁… 수급이 바닥에 떨어져서 몇 번 퉁기고 구르다가 멈추자 쾌도비는 천천히 다가갔다.

"죽였다……."

그는 무황천신을 죽였다는 흥분과 기쁨 때문에 상처의 고통을 전혀 느끼지 못했다.

그는 지금까지 강적들을 상대할 때 실력과 공력이 부족한 것을 임기응변이나 꼼수를 사용하여 이기거나 그 순간을 모면했었다.

그런데 이번 무황천신과의 싸움에서는 임기응변도 꼼수도 일체 사용하지 않았다.

정정당당하게 일대일로 싸워서 그의 목을 자른 것이다. 그것은 그의 실력이 무황천신과 같은 반열에 올랐다는 사실을 반증하는 것이다.

그가 다가가고 있을 때는 수급이 눈을 한두 번 껌뻑거리더니 곧 그마저도 멈추었다. 일세를 풍미했던 무황천신의 생은 이렇게 끝났다.

쾌도비는 발을 들어 올려 수급을 짓밟으려다가 멈추고 사해웅신 상의를 벗어 거기에 수급을 싸서 허리춤에 매달고 밖으로 나왔다.

이제부터는 팔신궁의 잔당을 한 명도 남기지 않고 모조리 쓸어버릴 생각이다.

팔신궁주 무황천신이 죽었으므로 팔신궁은 더 이상 존속할 의미가 없다. 또한 쾌도비의 상대가 될 만한 고수는 아무도 없다.

저녁 식사 전에 사라졌던 쾌도비는 자정이 조금 넘어서 철황을 타고 소요장 뜰에 내렸다.

"여보!"

온몸에 피칠을 한 것처럼 온통 피범벅인 모습의 그를 보고 뜰 앞에서 기다리고 있던 은조는 혼절할 것처럼 비명을 지르며 달려갔다.

한바탕 살육을 벌인 쾌도비는 기분이 조금 후련해져서 싱긋 엷은 미소를 지었다.

하지만 얼굴까지도 온통 피범벅인 탓에 그가 미소 짓는 모습은 마치 악마가 웃는 것처럼 섬뜩했다.

그는 약간 비틀거리기는 했으나 끄떡없는 모습으로 걸음을 옮기다가 마주 달려온 은조의 부축을 받았다. 하얀 옷에 긴 치마를 입은 은조는 자신의 옷에 피가 묻는 것쯤은 전혀 아랑곳하지 않았다.

"여보! 어떻게 된 거예요? 많이 다쳤어요?"

은조는 그의 그런 모습을 보는 순간부터 눈물을 쏟느라 정신없이 물었다.

"하하! 나는 괜찮다."

쾌도비는 은조가 걱정할까 봐 짐시 호탕하게 웃으면서 그녀의 부축을 받으며 안으로 들어갔다.

척!

의자에 앉은 쾌도비는 허리춤에 차고 있던 것을 탁자에 내려놓았다.

"이게 뭐요?"

위걸은 피범벅인 묵직한 꾸러미를 가리키며 의아한 표정을 지었다.

"풀어보시오."

위걸이 꾸러미를 푸는 데도 은조는 그런 것에는 관심이 없는 듯 쾌도비의 온몸을 살피면서 얼마나 다쳤는지 알아보느라 여념이 없다.

"억!"

"앗!"

"수급이에요!"

긴장감이 흐르는 가운데 이윽고 꾸러미가 풀리고 눈을 부릅뜬 소름끼치는 모습의 수급이 나타나자 위걸뿐만 아니라 여의삼령과 천지쌍패도 크게 놀랐다.

"이자가 누구요?"

부지중 놀라서 한 걸음 뒤로 몰라났던 위걸이 다시 앞으로 다가들며 어리둥절한 표정을 지었다.

쾌도비의 몸을 살피던 은조가 수급이라는 말에 처다보다가 갑자기 얼굴이 하얗게 질렸다.

"맙소사! 이자는 무황천신이에요!"

"무… 황천신이라고?"

"세상에… 어떻게 이런 일이……."

쾌도비를 제외한 모두 하나같이 대경실색하여 외마디 비명을 질렀다.

팔신궁주 무황천신 담중부는 천절문의 천절성군 영호태, 여의루의 여의천후 손효랑, 북황도의 북천절 위융과 더불어서 강호의 사대천존(四大天尊)이라고 불렸다.

네 사람 모두 사신의 수장이며 또한 별호에 '천(天)'이 들어 있기 때문이다.

오랫동안 강호의 태산북두였던 구파일방의 장문인들조차도 사대천존에게는 한수 양보하며, 일대일로 싸울 경우에는 백 초를 넘기는 사람이 없을 것이라는 게 강호의 중론(衆論)이었다.

"쾌 형! 팔신궁에 갔었던 게요?"

위걸이 정신을 차리지 못한 상태에서 쾌도비를 보며 부르짖듯이 물었다.

"그렇소."

"설마… 적지 한가운데에서 쾌 형 혼자 무황천신의 목을 잘랐다는 말이오?"

위걸의 물음은 당연했다. 그가 혼자서 팔신궁에 갔으리라고는 아무도 예상하지 않았고 단지 답답해서 바람을 쐬러 나갔을 것이라고만 여겼었다.

쾌도비는 가볍게 고개를 끄떡였다.

"그렇소."

그때부터 은조와 위걸을 비롯한 모두는 한동안 아무 말도 하지 못하고 자신들의 눈앞에 벌어진 일을 이해하느라 머리가 분주했다.

"우선 치료부터 해야겠어요."

한참 만에 제일 먼저 말문을 연 사람은 은조다. 그녀는 쾌도비가 왼쪽 어깨에 관통상을, 그리고 온몸에 심각하지 않은 다섯 군데의 상처를 입었다는 사실을 한동안 그의 피범벅인 몸을 두 손으로 더듬어서 알아냈다. 그녀의 관심사는 무황천신의 죽음보다는 쾌도비의 안전이다.

쾌도비가 입은 여섯 군데의 상처는 모두 상체에 집중되어 있었다.

그는 상체를 벌거벗고 침상에 반듯하게 누워서 은조의 치료를 받고 있다.

위걸과 여의삼령, 천지쌍패가 침상가로 모여들어 이것저것 질문공세를 퍼부었다.

그리고 오래지 않아서 모두들 쾌도비에 의해서 무황천신이 죽었을 뿐만 아니라 팔신궁 전체가 전멸했다는 사실을 알게 되었다.

팔신궁이 강호에서, 아니, 지상에서 영원히 사라져 버렸으며 그것이 쾌도비 한 사람에 의한 결과라는 사실을 이해하고 또 인정하기까지는 얼마간의 시간이 필요했다.

"그래서 이제 속이 후련하세요?"

쾌도비의 관통된 왼쪽 어깨를 치료하느라 비지땀을 흘리고 있는 은조가 물었다.

"조금."

"괴로운 심정을 조금 후련하게 하려는 것치고는 지나치게 무리한 모험을 했어요."

은조는 담담한 표정과 차분한 목소리로 말하지만 그것이 쾌도비를 꾸짖는 것이라는 사실을 모르는 사람이 없다.

"처음부터 무황천신을 죽일 자신이 있었나요?"

"내가 열세라고 예상했었다."

쾌도비의 솔직한 대답에 모두들 아연실색했다. 열세라는 것은 죽음을 의미한다.

그렇다면 그는 자신이 죽을 것을 예상하고 무황천신에게 덤벼들었다는 뜻이다.

은조는 착잡한 표정으로, 위걸 등은 어이없는 얼굴로 쾌도비를 쳐다보았다.

第七十九章

취안몽롱(醉眼朦朧)

─술에 취하여 눈이 흐려 앞이 잘 보이지 않는다

"태자 전하!"

황궁고수 우두머리 중 한 명인 백호장이 급히 태자 주청운의 거처로 달려 들어왔다.

주청운은 동생 중천왕자 주우명과 탁자를 마주하고 앉아서 어제 녹평장에서 있었던 일을 주제로 진지한 대화를 나누고 있다가 슬쩍 눈살을 찌푸렸다.

"웬 소란이냐?"

"이것을 보십시오."

백호장은 입구 안쪽에 무릎을 꿇고 하나의 검은 상자를 두 손으로 들어 올렸다.

"가져와라."

주청운의 명령에 도검룡의 도룡이 검은 상자를 들고 와서 탁자에 조심스레 내려놓았다.

"열어라."

슥―

황궁고수들이나 백호장이 이미 내용물을 확인했을 것이므로 도룡은 거침없이 상자를 열었다.

"음?"

상자 안에 회백색의 수급이 들어 있는 것을 보고 주청운과 주우명은 눈살을 찌푸렸으나 도룡이 수급의 주인을 알아보고 크게 놀라 즉시 아뢰었다.

"태자 전하, 이것은 무황천신의 수급입니다."

"팔신궁주 말이냐?"

"그렇습니다."

"이게 무슨……."

주청운이 얼굴을 찌푸리면서 자세히 살펴보니 과연 무황천신이 분명했다.

자봉공주와 천절문의 일로 몇 차례 태자를 만나러 왔었던 무황천신이 이번에는 수급이 되어 방문한 것이다. 최고의 조력자인 무황천신이 죽다니 주청운은 큰 충격을 받았다.

"누가 무황천신을 죽였다는 말인가?"

무황천신은 강호 전체에서도 몇 손가락 안에 꼽힐 정도의 절대강자다.

물론 돈을 바라고 한 일이지만, 주청운에게 적극 협조적이던 그가 죽었으며 수급이 자금성에 전해졌다는 것이 도대체 무엇을 의미하는지 지금 당장으로썬 머리가 혼란스러워서 알 수가 없었다.

"이것이 어떤 경로로 자금성에 들어왔느냐?"

"태평전(太平殿) 앞마당에 떨어져 있었습니다."

주우명의 물음에 백호장이 대답하자 주청운이 버럭 소리를 질렀다.

"침입자가 있을 것 아니냐? 그게 아니면 하늘에서 떨어지기라도 했다는 말이냐?"

하늘에서 떨어진다는 말에 주우명의 뇌리를 번쩍 스치는 것이 있었다.

이틀 전 녹평장에서 무정도가 영호빈과 백무평을 죽이고 나서 거대한 새를 타고 사라졌던 일이다.

무정도가 그런 새를 타고 다닌다면 아무리 경계가 삼엄한 자금성이라고 해도 수급이 든 상자를 떨어뜨리는 일쯤은 간단한 일이다.

그렇다면 상자를 떨어뜨린 자는 필경 무정도라는 얘기가

된다. 다시 생각해 봐도 무정도가 아니고는 이런 짓을 저지를 사람이 없다.

"음! 이것은 무정도의 소행이 분명합니다."

주우명의 신음에 주청운은 흠칫했다.

"무정도라니!"

태자가 하는 모든 일에 무정도가 개입되어 방해하지 않은 적이 없는 터라서 무정도라는 별호만 들어도 반사적으로 머리털이 쭈뼛거렸다.

주우명이 이틀 전에 녹평장에서 있었던 무정도와 거대한 새에 대해서 자세히 설명하자 주청운은 얼굴 가득 경악지색을 떠올렸다.

"무정도가 무황천신을 죽일 정도로 고강하다는 말인가? 더구나 봉새를 타고 다닌다고? 그렇다면 우리가 알고 있는 것과 다르지 않은가?"

"우리가 놈을 과소평가한 것 같습니다."

"음! 도대체 그놈은⋯⋯."

주청운은 너무 놀라고 어이가 없어서 상체를 의자에 묻으면서 말을 잇지 못했다.

팔신궁은 무정도에 의해서 갈가리 찢어져서 만신창이가 된 상태였는데, 이제는 무황천신마저 죽었으니 가파른 내리막길만 남은 셈이다.

"태자 전하."

그때 동창제독이 급히 들어섰다.

"무슨 일이냐?"

주청운의 목소리에 역정이 가득했다.

동창제독은 현재 북경 성내에서 실시하고 있는 수색과 감시 등의 일을 총괄하고 있다.

"팔신궁이 지난밤에 멸문한 것이 확인되었습니다."

"뭐라?"

지금까지 무황천신의 수급을 보고 놀라서 그 놀라움이 아직도 가시지 않은 상황인데 주청운과 주우명은 난데없는 보고에 안색이 급변했다.

"팔신궁은 한 명도 남김없이 모조리 죽었습니다. 수법으로 미루어 무정도의 소행이 분명합니다."

"무정도!"

주청운과 주우명은 동시에 부르짖고 나서 한동안 억눌린 듯한 표정으로 아무 말도 하지 못했다.

이들에게 무정도는 하는 일마다 방해를 하고 누이동생을 죽인 철천지원수이기도 하지만 또한 자나 깨나 심신을 괴롭히는 공포의 대상이기도 했다.

"이 미친놈이 도대체 무슨 짓을……."

한참 만에야 주청운이 신음 같은 중얼거림을 토해냈다.

주우명이 무황천신의 수급과 팔신궁의 멸문에 대한 최종 정리를 했다.

"으음! 이것은 주소옥을 건드리지 말라는 무정도의 경고인 것 같습니다."

주청운은 자신도 모르게 후드득 몸서리를 쳤다. 공포와 분노가 뒤섞인 몸서리다.

"으드득! 내 이놈을 죽이지 못한다면 태자의 지위를 버리고 말겠다⋯⋯!"

잠시 후 주청운은 바득바득 이를 갈면서 허공에 대고 주먹을 휘둘렀다.

*   *   *

"쾌 랑, 좀 더 이성적으로 생각할 수는 없었나요?"

은조는 이틀 동안 가슴속에 담아둔 채 벼르고 있던 말을 어렵게 꺼냈다.

쾌도비는 은조가 여의삼령의 미령을 시켜서 가져오게 한 술과 요리를 묵묵히 먹기만 했다.

"쾌 랑이 무황천신보다 열세인 줄 알면서도 싸우러 갔다는 것이 얼마나 무모한 행동이었는지 알아요?"

은조는 이틀 전에 무황천신의 수급을 갖고 온 쾌도비에게

서 그 말을 듣고 난 이후부터 가슴이 답답하고 정신이 멍해져서 아무것도 할 수가 없었다.

쾌도비 혼자서 아무런 계획도 없이 불쑥 팔신궁에 쳐들어갔다가 돌아오지 못할 수도 있었다.

아니, 그럴 가능성이 컸다. 쾌도비가 요령의 일과 우령의 죽음 때문에 아무리 속이 상하고 화가 났다고 해도 자신의 생사를 돌보지 않는 행동은 은조로서는 도저히 이해할 수가 없었다.

쾌도비가 죽었다면 은조 등은 나중에야 그 사실을 알게 될 것이다.

그가 생사고비를 넘기고 또 죽어가는 장소에 은조 등은 없기 때문에 아무런 도움이 되지 못해서 그의 죽음을 더욱 슬퍼하게 될 터이다.

"만약 쾌 랑에게 무슨 일이 생겼다면……."

은조는 상상하는 것만으로도 가슴이 떨린다는 듯 차마 말을 잇지 못하고 눈물을 글썽였다.

"앞으로는 제발 냉정하게 이성을 갖고 행동을 하겠다고 약속해 주세요, 네?"

쾌도비는 술잔을 비우고 나서 복잡한 표정으로 은조를 묵묵히 바라보았다.

그는 자신이 혼자가 아니라는 사실을 새삼 깨달았다. 그래서 자신에게 무슨 일이 생기면 여러 사람이 슬퍼할 것이라는 생각이 들었다.

이 년여 전까지만 해도 그는 천하에 의지할 곳 없는 혈혈단신 혼자였으나 지금은 주위에 그를 진심으로 걱정해 주는 사람들이 생겼다.

수천 리 먼 곳 낙양에는 망망대해에 떠 있는 조각배 같은 신세인 주소옥이 있으며, 손만 뻗으면 닿을 수 있는 거리에서 눈물을 흘리고 있는 은조도 있다.

뿐만 아니라 고문을 받아 생사기로에 처해 있는 요령과 언제나 주위에서 무조건적인 협력을 아끼지 않는 위걸, 여의삼령과 천지쌍패.

그리고 낙양 천절문 주소옥의 거처에서 함께 머물고 있다는 여의루주 손효랑과 북황도주 위융은 쾌도비에게 무슨 일이 생기면 한달음에 달려와 줄 든든하기 짝이 없는 강호의 거물들이다.

그러고 보니까 쾌도비에겐 그들만 있는 것이 아니다. 그가 우연한 기회에 목숨을 건져주고 또 살 수 있는 기반을 마련해 준 호북성 청심하 상류 깊숙한 곳에 위치한 동명촌 사람들도 있다.

동명촌의 촌장인 금둔과 유적원 등 동료들은 쾌도비를 위해서라면 목숨조차도 아끼지 않을 사람들이다.

그리고 그가 동명촌에서 생활하는 동안 같은 집에서 시중을 들다가 우습게 사제지간(師弟之間)의 인연을 맺게 된 유난히 수줍음을 많이 타는 유홍이 있다.

그래서 만약 쾌도비에게 무슨 일이 생긴다면 그와 깊은 인연을 맺게 된 적지 않은 사람들이 매우 슬퍼할 것이다. 은조의 말에 그는 그런 사실을 깨달았다. 어떤 행동에 책임감을 가져야 한다는 것이다.

쾌도비는 빈 잔을 만지작거리면서 한동안 그런 생각들을 하다가 조용히 입을 열었다.

"조아."

"네."

은조는 소매로 눈물을 닦으며 고즈넉이 대답했다.

"팔신궁 백호궁주를 기억하느냐?"

"네."

"그는 내 친아버지다."

"그랬군요."

팔신궁에서 마도의 유마곡으로 보내는 마차를 공격할 때, 쾌도비와 백호궁주 예건후의 심상치 않은 만남과 대화를 듣고는 두 사람이 부자일 것이라고 그녀는 짐작했었다.

하지만 그녀는 섣불리 아는 체하지 않고 쾌도비가 먼저 말을 해주기를 조용히 기다렸었다.

그리고 방금 그가 예견후에 대해서 고백을 할 때도 자신은 이미 알고 있었노라고 호들갑스럽게 굴지 않고 조용히 고개만 끄떡였다.

"짐작했었지?"

"네."

은조는 그의 잔에 술을 따르며 역시 짧게 대답했다.

"나는 말이다. 기구하게 태어났었고 그보다 더 기구하게 성장했었다."

쾌도비는 그녀가 따라준 술잔을 손에 쥐고 마실 생각을 하지 않은 채 그렇게 서두를 꺼내더니 이윽고 잠시 후에 자신이 태어나고 또 그동안 어떻게 살아왔는지의 과정을 천천히 설명하기 시작했다.

그가 자신의 신세에 설명하는 것은 은조를 자신의 여자로 받아들이겠다는 의지의 표정이다.

"아······."

쾌도비의 설명을 모두 듣고 난 은조는 흐르는 눈물을 주체하지 못했다.

철석같이 누나인 줄로만 알고 함께 살았던 사람이 사실은 친어머니였으며, 그 어머니가 남편이자 쾌도비의 친아버지에게 복수를 하기 위해서 수많은 강호의 남자와 동침을 하며 공력을 조금씩 흡수하여 쾌도비의 오른팔에 축적했다는 일은 가히 충격적이면서도 가슴이 찢어지는 비통한 사연에 다름 아니었다.

그리고 어머니의 죽음으로 그는 혈혈단신이 되었으며, 이후 오른손목에 흑청사 문신이 새겨진 남자를 찾기 위해서 기나긴 고행을 해야만 했었다. 자신의 꿈이나 희망조차 없이 오로지 어머니의 복수만을 위해서 희생해야 했던 강호에서의 삼류 인생살이였었다.

그러다가 운남성 곤명에서 우연히 자봉공주 주소옥을 만났으며, 그녀를 호위하여 낙양까지 오는 동안의 실로 파란만장했던, 천하인들이 만리난도라고 이름 붙이고 갖가지 이야깃거리로 퍼져 나간 실제의 사연은 은조의 가슴을 콩알처럼 조이게 만들었다.

쾌도비는 한 사람이 수백 년 동안 살면서 겪는 경험을 젊은 나이에 두루 한 것이다.

"그랬었군요……."

그의 비참하고도 파란만장했던 이야기를 다 듣고 난 은조는 그런 이야기를 듣기 전보다 한층 더 그가 가엾고 사랑스러워졌다.

백사장의 모래알처럼 그저 흔하디흔한 사람 중에 한 명이었던 그가 그 험난한 과정을 거치면서 점점 성장하여 지금의 무정도가 됐다는 사실이 믿어지지 않을 만큼 너무도 훌륭하기 때문이다.

"쾌 랑."

은조는 자세를 바로하고 그를 바라보았다. 이제부터 가슴에 담아둔 솔직한 얘기를 하려는 것이다.

"그분은 쾌 랑의 친아버지예요. 그리고 그분의 자식들은 쾌 랑의 혈육이고요."

쾌도비는 술잔을 만지작거리면서 듣기만 했으나 은조의 말이 귀에 들어오지는 않았다. 단지 그녀를 존중하는 의미에서 듣고 있을 뿐이다.

"상식적으로 생각하자면 그분이 한 행동은 손가락질 받아서 마땅하지만 죽어야 할 정도는 아니에요."

들으려고 하지 않았으나 열려 있는 귀로 들어오는 말을 막을 수는 없는 터라서 무심히 듣던 쾌도비는 기분이 언짢아져서 미간이 슬쩍 좁아졌다.

"그만한 일로 죽어야 한다면 천하에는 죽고 죽이는 일이 비일비재할 거예요."

탁.

"그만해라."

쾌도비는 계속 듣고 있을 수가 없어서 술잔을 내려놓으며 조용히 말했다.

"쾌 랑, 이 말만은 꼭 하고 싶어요. 들어주세요."

쾌도비의 말에 언제나 맹종하던 은조가 이번에는 고집을 부리자 쾌도비는 조금 어이가 없었다.

"쾌 랑 어머님과 아버님의 일을 쾌 랑의 일이라고 비유를 해볼게요. 만약 호연이 어머님이고 쾌 랑이 아버님이라면, 그래서 호연이 쾌 랑에게 철천지 원한을 품는다면 어떻게 하시겠어요?"

"……!"

인상을 쓰고 있던 쾌도비는 움찔했다. 은조가 쓸데없는 얘기 따위는 이제 그만했으면 좋겠다는 마음으로 듣고 있던 그는 주먹으로 뒷머리와 가슴을 동시에 얻어맞은 듯한 충격을 받았다.

은조는 뭔가 작심을 하고 솔직하게 말하는 것, 아니, 직언(直言)을 하고 있는 것이 분명했다. 그녀가 이러는 것을 한 번도 본 적이 없기에, 매우 중요한 얘기를 하려는 것을 짐작할 수 있었다.

쾌도비는 강하게 부인하고 싶지만, 어머니와 예건후의 관계는 어떤 면에서 쾌도비와 호연의 관계와 비슷하다고 할 수 있다.

예건후는 자신이 혼인을 했으며 어린 딸이 있다는 사실을 감추고 어머니에게 접근을 하여 동거를 했었다. 그의 잘못이라면 거짓말을 했다는 사실이다.

반면에 쾌도비는 마혈을 제압한 호연을 고문이라는 미명 하에 욕을 보였었다.

그리고 다시 만난 그녀에게 용서를 빌고는 직후부터 수십 번도 더 정사를 했다.

하지만 그는 호연을 추호도 사랑하지 않으며 다만 성욕을 배출하는 도구로만 여겼을 뿐이다.

그렇게 따지고 보면 쾌도비가 예건후보다 한층 더 악랄한 짓을 한 것이다.

예건후 같은 경우는 흔히 볼 수 있으나 쾌도비가 호연에게 저지른 행위는 결코 흔하지 않을 터이다.

더구나 호연과의 정사를 은조와 우령에게 들킨 이후부터 는 무책임하게도 호연을 한 번도 찾지 않았으며, 그녀가 어디 에서 무엇을 하고 있는지 관심조차 갖지 않았었다.

어쩌면 그의 성욕을 풀어주는 대상이 우령으로 바뀌었고 우령이 훨씬 낫다고 생각하기 때문에 호연을 다시 찾아야 할 이유가 없어진 것일 수도 있다.

그러므로 쾌도비가 호연의 입장이라면 충분히 원한을 품을 수도 있는 일이다. 아니, 원한을 품어야 마땅하다.

거기에 한 술 더 떠서 만약 호연이 임신을 하여 혼자서 아 기를 낳는다고 가정을 해보자.

그래서 쾌도비의 어머니가 그랬던 것처럼 호연도 자신의

원한을 갚을 도구로써 아이를 키운다면, 제이의 쾌도비가 탄생하지 말라는 법이 없다.

쾌도비는 호연과의 관계를 전혀 죄의식 없이 자행했었지만, 은조의 말을 듣고 돌이켜 생각해 보니까 그것은 예건후가 저질렀던 것보다 더 끔찍한 죄악이었다.

그것뿐만이 아니다. 그는 은조의 수하인 우령하고도 깊은 관계를 맺었었다.

그리고 그녀는 쾌도비를 살리려고 자신의 목숨을 아낌없이 내던졌었다.

도대체 입이 백개 천개라도 쾌도비로서 무슨 변명을 할 수 있겠는가.

우령이나 호연은 그에게 추호도 원한을 품지 않았다. 특히 호연 같은 경우에는 마음속으로 슬픔과 섭섭함을 간직하고 있을 테지만 그를 원수 대하듯 하지는 않았다.

그렇게 봤을 때 어머니 지연이 보통 여자들보다 심성이 독하고 모질다고 할 수 있다.

절대로 인정하고 싶지는 않은 일이지만, 만약 천하의 여자가 모두 어머니 같았다면 천하에는 온통 피바람이 불어 닥칠 것이다.

"그러니 쾌 랑……."

"그만."

은조가 다시 말하려는 것을 다시 제지하고 나서 그는 술잔을 내려놓고 그녀를 똑바로 응시했다.

"조아."

"네……."

은조는 행여 자신이 그의 마음을 상하게 했나 싶어 조마조마한 표정으로 바라보았다.

그렇게 겁을 먹으면서도 쾌도비에게 반드시 필요한 말은 할 줄 아는 그녀는 진실로 현명한 여자다. 진정한 현명함은 바로 이런 것이다.

"고맙다."

"네?"

"네가 무지한 나를 깨우쳐 주었다."

"쾌 랑……."

겨우 눈물을 멈췄던 은조의 커다란 두 눈에 또다시 기쁨의 눈물이 차올랐다.

쾌도비의 얼굴에 깨달음의 기쁨과 그것을 깨닫게 해준 은조에 대한 그지없는 신뢰의 미소가 피어났다.

"너는 어쩌면 이다지도 현명한 여자인가."

"천첩은……."

"내 곁에 너처럼 좋은 여자가 있다는 것은 더없는 행운이다. 나는 행운아다."

극상의 칭찬에 은조는 기뻐서 어쩔 줄 모르고 눈물을 펑펑 흘리면서 몸을 떨었다.

슥—

그는 손을 뻗어 그녀의 보드라운 뺨을 어루만지며 미소를 지었다.

"앞으로는 네 말에 따르도록 하겠다."

"쾌 랑……."

"그러나 한 가지는 알아다오."

은조는 눈물 때문에 그의 모습이 제대로 보이지 않았다.

"말씀하세요."

"나는 지금껏 감정이 내키는 대로 살아왔다. 그래서 오늘날의 내가 있는 것이지."

그의 말인즉 이성적으로 살아왔다면 오늘날의 무정도는 존재하지 않았을 것이고 은조를 만나지도 못했을 것이라는 뜻이다.

"내가 옳다는 것이 아니라 때로는 내 감정도 존중해 달라는 얘기야."

"죄송해요. 천첩이 주제넘은 말씀을 드려서……."

"그게 아니다."

툭툭…….

그는 그녀의 어깨를 두드렸다.

"너는 나의 훌륭한 스승이다."

그는 오늘 은조의 또 다른 훌륭한 점을 발견했다. 하지만 그로 인해서 여자로서의 그녀는 조금 더 멀어졌다. 존경심과 애정은 양립하기 어렵기 때문이다.

쾌도비는 만취했다.

은조 덕분에 큰 깨달음을 얻어서 친아버지 예건후에 대한 생각이 근본적으로 바뀐 것이 매우 기뻤다. 반면에 우령의 죽음이 가져다준 좌절과 요령이 아직도 깨어나지 못하고 있는 것에 대한 죄책감 따위가 한꺼번에 뭉뚱그려져서 그를 혼란에 빠뜨려서 폭음을 했다.

그의 그런 괴로운 심정을 잘 알고 있는 은조는 같이 술을 마셔주지 못했다.

위로한답시고 흥청망청 부어라 마셔라 할 분위기가 아니었기 때문에 곁에서 그의 시중만 들어주었다.

은조는 탁자에 엎드린 쾌도비를 부축하여 침상에 눕히고 이불까지 잘 덮어주고는 자신의 방으로 돌아갔다.

잠시 후에 미령이 살며시 들어와서 탁자 위에 어질러진 요리 그릇과 술병 등을 치우면서 쾌도비가 깨지 않도록 최대한 조심했다.

그녀는 그릇을 치우면서 자주 쾌도비를 쳐다보며 안쓰러운 표정을 지었다.

쾌도비와 우령의 비밀스러운 관계에 대해서 알고 있는 그녀인지라 쾌도비의 절망이 누구보다 깊을 것이라고 짐작하기 때문이다.

달그락… 쨍강!

그때 또다시 그를 쳐다보면서 손으로는 그릇을 치우던 미령이 그릇 하나를 툭 건드려 떨어뜨려서 산산조각이 나며 요란한 소리가 났다.

"음……"

그 소리에 쾌도비가 신음을 흘리면서 몸을 뒤척이자 미령은 깜짝 놀라서 그 자리에 얼어붙었다.

쾌도비는 이내 조용해졌으나 뒤척이는 바람에 이불이 바닥에 흘러내렸기 때문에 미령은 그걸 잘 덮어주려고 머뭇머뭇 다가갔다.

슥—

이불을 잘 덮어주면서 그의 얼굴을 굽어보던 그녀는 문득 우령 생각이 나서 눈물이 핑 돌았다.

"령아……"

그런데 그때 쾌도비가 신음처럼 잠꼬대를 했다.

"네."

미령은 순간적으로 그가 자신을 부르는 것이라고 생각하여 나직이 대답을 했다.

"내가 잘못했다… 령아… 죽지 마라, 령아……."

잠결에 미령의 대답이 우령의 목소리라고 생각했는지 그는 두 팔을 허우적거리면서 얼굴을 일그러뜨렸다.

"아니에요. 당신 잘못이 아니에요……."

쾌도비가 자책하는 것이라고 여긴 미령이 눈물을 흘리면서 낮게 흐느끼자 눈물이 얼굴에 떨어져서 그가 부스스 눈을 떴다.

그리고는 반쯤 뜬 붉게 충혈이 된 눈으로 미령을 보며 환한 표정을 지었다.

"령아… 너로구나……."

"네, 여보."

미령은 자신은 우령이 아니고 미령이라고 구태여 설명하려고 하지 않았다.

거짓말로 쾌도비를 미혹에 빠뜨리려는 것이 아니라 이렇게 해서라도 그를 위로하고 안정시키고 싶었다. 그의 슬픔과 그녀의 슬픔이 동질(同質)의 것이기 때문이다.

"이리 오너라, 령아……."

그가 두 팔을 벌려 안자 미령은 상체를 숙여 살포시 그에게 안기면서 눈물이 샘물처럼 솟구쳤다.

"사랑한다… 령아… 내가 널 사랑하는 것을 알고 있지?"

"그럼요… 알고 말고요…….."

그는 미령을 품에 꼭 끌어안고 몸부림쳤다.

미령은 우령이 되어서라도 그의 품에 안겼다는 사실이 기쁘기 짝이 없었다.

"음…….."

심한 갈증 때문에 쾌도비는 아직 캄캄한 한밤중에 눈이 떠졌다.

정신이 들자마자 그는 간밤에 꾸었던 우령과의 격렬했던 꿈이 기다렸다는 듯이 떠올랐다.

꿈인데도 마치 현실처럼 생생한 정사였다. 우령은 흐느끼면서 은어처럼 싱싱한 몸을 파닥거렸으며, 그는 그런 그녀를 다시는 놓치지 않겠다면서 짓이기고 정복했었다.

그녀의 죽음이 얼마나 가슴에 사무쳤으면 꿈속에서조차 그녀와 그토록 격렬한 정사를 나누었을까를 생각하니 마음이 답답해졌다.

슥—

그런데 상체를 일으키려던 그는 자신의 몸을 누르고 있는 물체가 있다는 사실을 깨달았다.

이불을 들추고 살펴보다가 눈부시도록 흰 나신이 그 속에 있는 것을 발견하고 움찔 놀랐다.

그의 왼쪽 팔을 벤 상태에서 한쪽 팔과 가슴, 그리고 뺨을 그의 가슴에 얹은 채 곤히 잠들어 있는 사람은 다름 아닌 미령이었다.

새근새근 자고 있는 모습이 영락없이 어린아이, 아니, 어린 소녀처럼 평화롭고 아름다우며 귀여웠다.

그녀를 발견한 쾌도비는 머릿속에서 거대한 범종이 울리는 것 같은 충격을 받았다.

'꿈이 아니었다는 말인가… 더구나 우령이 아닌 미령이라니… 이게 도대체……'

그는 간밤 꿈속에서 우령과의 격렬했던 정사가 꿈이 아닌 실제였으며 상대가 우령이 아니라 미령이라는 사실을 깨닫고 아연실색했다.

미령과 정사를 한 것이 틀림없다. 아랫도리 음경에 뻐근한 통증이 느껴지는 것을 보면 정사도 보통 정사가 아닌 매우 난폭한 정사였던 것이 분명하다.

그는 긴 속눈썹과 조그맣지만 오뚝한 코와 보통보다 조금 작고 빨간 입술을 지닌 미령의 잠든 모습을 보면서 간밤에 무슨 일이 있었는지 생각해 내려고 했으나 아무 생각도 나지 않았다.

어쨌든 한 가지 분명한 것은 그가 미령과 정사를 나누었다는 움직일 수 없는 사실이다.

수줍고 겁 많은 미령이 그를 유혹했을 리가 없다. 그럴 이유가 없다.

　필경 만취한 그가 미령을 힘으로 정복한 것이 분명할 것이다. 그는 이렇게 또 한 명의 여자를, 아니, 아직 십구 세인 어린 소녀를 자신의 여자로 만들었다.

　'미친놈⋯⋯.'

　이런 상황에서도 여자를 원하고 또 티 없이 해맑은 미령을 강간한 자신에 대해서 구역질이 치밀었다.

　이것은 부친 예건후의 피를 물려받아서 그렇다는 식의 핑계를 댈 수도 없는 상황이다.

　지금까지는 부친 때문에 유전적으로 자신이 여색을 밝힌다고 스스로를 질책하고 또 위안했었으나, 일이 이 지경에 이르고 보면 그 자신이 색마인 것이 분명하다.

　그러나 이미 일은 저질러졌다. 우령에 이어서 미령까지 은조의 수하를 두 명씩이나 짓밟았다.

　그렇지만 미령을 무시할 수는 없다. 이제는 그러지 말아야 한다. 호연과 우령의 전철이 있지 않은가.

　호연은 지금도 어느 골방에서 울고 있을 것이고, 죽은 우령은 혼령이 되어 구천을 떠돌고 있을 텐데, 미령마저 모른 체해서는 안 된다고 그는 생각했다. 그래서 그는 미령만큼은 끝까지 챙기리라 다짐했다. 그것이 죽은 우령에 대한 보상이라는 생각이 들었다.

심한 갈증을 느꼈으나 그는 자신이 움직이면 미령이 깰까 봐 일어나지 못했다.

차마 그녀의 얼굴을 마주 볼 용기가 생기지 않았다. 그래서 그대로 누워서 착잡하게 이 생각 저 생각 하다가 다시 잠이 들었다.

무언가 겨드랑이와 가슴에서 꼼지락거리는 느낌에 쾌도비는 잠에서 깼다.

정신을 차리면서 그는 아까 잠시 깼을 때 알게 된 사실이 꿈이기를 바랐다.

미령과의 정사가 현실이 아니고 단지 우령과 꿈속에서 정사한 것이기를 빌었다.

하지만 차츰 잠이 달아나면서 정신이 또렷해질수록 그는 눈을 뜨지 않고서도 자신의 몸에 닿아 있는 여리고 보드라우며 따스한 살결이 미령의 나신이라는 사실을, 그래서 꿈이기를 원했던 그 일이 냉혹한 현실이었다는 사실을 다시 한 번 확인했다.

실내가 어두운 것으로 미루어 아직 아침이 되려면 이른 시각인 듯했다.

그의 품에 안겨 있는 미령은 큰 동작을 하는 것이 아니라 그냥 그 자세 그대로 손가락이나 팔을 꼼지락거린다든지 아니면 얼굴을 조금씩 움직이는 것뿐이었다.

그녀는 이미 잠에서 깨었으나 쾌도비가 깰까 봐 가만히 있는 것이 분명했다.

"령아."

"아……."

쾌도비가 조용한 목소리로 부르자 미령의 몸이 파드득 떨리는 것이 느껴졌다.

"미안하다, 내가 너를……."

"사랑해요."

그의 가슴에 뺨을 대고 있는 그녀가 소곤거리면서 가슴에 뜨거운 입김을 토해내는 바람에 쾌도비는 뭐라고 말을 해야 할지 머리가 멍해졌다.

미령은 손가락으로 그의 가슴을 만지작거리기도 하고 어루만지기도 하면서 말을 이었다.

"처음에 당신을 보는 순간부터 사랑하고 있었어요."

"령아."

"큰언니에 비하면 많이 부족하지만 성심껏 당신을 모시고 싶어요."

그는 말문이 막혀 버렸다. 그가 평소에 알고 있는 미령은 여의사령 중에서 가장 수줍음이 많고 숫기가 없어서 사람들

앞에 나서지도 못하고 시선만 마주쳐도 얼굴이 빨개져서 어쩔 줄 모르는 소녀였었다. 하지만 지금 그녀의 말은 당돌하기까지 했다.

"열심히 할 테니까 많이 가르쳐 주세요. 특히……."

미령은 말을 잇지 못하고 꼼지락거렸다.

"특히 뭘 말이냐?"

그가 묻자 미령은 또다시 파드득 놀라더니 기어드는 목소리를 냈다.

"그거……."

"그게 뭐냐?"

그때 그녀가 손을 뻗어 그의 음경을 조심스럽게 살짝 건드리고는 손을 움츠렸다.

"이거……."

"아……."

"소녀는 큰언니처럼 할 줄 몰라요. 그러니까 당신이 가르쳐 주세요. 무엇이든 열심히 할게요."

쾌도비는 지금 미령하고 이런 대화를 나눌 계제가 아니라는 생각에 약간 고개를 들면서 이불을 들추고 그녀를 보려고 했다.

"아… 안 돼요. 보지 마세요."

그러자 미령은 이불을 뒤집어쓰면서 더욱 아래쪽으로 미

끄러져 내려가 숨어버렸다.

방금 용기를 내서 그런 말을 했다지만 수줍음 많은 천성은 어쩔 수가 없는 모양이다.

그런데 그녀가 이불 속으로 깊이 숨는다는 것이 너무 아래로 내려가 버렸다.

그녀는 그의 배에 뺨을 대고 얼굴을 아래쪽으로 하고 있는 자세라서 새근새근 토해내는 뜨거운 입김이 그의 음경에 끼쳐졌다.

"령아."

쾌도비가 불렀으나 그녀는 대답 대신 조심스럽게 그의 음경을 손에 잡았다.

그러면 안 되는 데도 그녀의 손 안에서 음경은 순식간에 단단해졌다.

"령아……."

미령에 대한 죄책감을 갖고 있는 쾌도비는 적잖이 당황해서 이불 속으로 손을 뻗어 그녀의 얼굴을 만졌다.

"……!"

그런데 그 순간 그의 음경이 어떤 뜨거운 곳으로 스르르 빨려 들어갔다.

미령의 자세로 보아 그 구멍은 옥문이 아니고, 그렇다고 항문도 절대 아닌 제삼의 구멍이 틀림없었다.

주소옥과 우령은 제삼의 구멍을 사용하기까지 여러 난관
이 있었으나 미령은 단번에 사용법을 배워 버렸다.

　쾌도비는 음경이 점점 더 커지고 온몸의 피가 그곳으로 다
몰리는 것을 느끼면서 두 가지 사실을 깨달았다.

　그날 주루의 어느 방에서 우령이 그에게 해주던 것을 미령
이 훔쳐봤었다는 사실과, 미령이 어두운 곳에서는 어느 누구
보다도 용감해진다는 사실이다.

　음경을 최대한 크게 만든 미령은 다음 단계로 넘어갔다.

　그녀는 여전히 이불을 뒤집어 쓴 채 음경 위에 앉아서 삽입
을 시키느라 용을 쓰고 있는 중이다.

　"아아……."

　이윽고 이불 속에서 그녀가 신음 같은 탄성을 흘리는 것과
동시에 음경이 제 집을 찾아서 묵직하게 미끄러져 들어가는
것이 느껴졌다.

　슥―

　그녀는 이불을 머리 위까지 뒤집어쓰면서 쾌도비의 몸 위
에 엎드리고 나서 소곤거렸다.

　"너무 아파요……."

　쾌도비는 그녀를 뿌리쳐야 하지만 그러지 못하는 자신이
한심스러웠다.

그런 생각을 하면서도 음경이 더 깊게 삽입되었으면 좋겠다는 또 다른 모순적인 갈망을 하고 있었다.

그는 두 손을 뻗어 한 손으로는 그녀의 둔부를 다른 손으로는 허리를 안았다.

그리고 그제야 그녀가 우령에 비해서 몸매가 더 가냘프다는 것과 가벼우면서도 체구가 작다는 사실을 깨달았다.

그의 몸 위에 엎드려 있는 그녀의 체구는 그에 비해서 채 반도 되지 않는 것 같았다. 마치 아버지 몸에 엎드린 어린 딸 같았다.

죄의식을 느끼면서도 쾌도비는 몸을 움직여서 미령을 작은 장난감처럼 다루어 힘차게 정액을 방출했다.

"하아……."

이불을 뒤집어쓰고 있는 미령은 땀범벅이 되어 축 늘어져서 그를 힘차게 부둥켜안았다.

그러나 그것도 잠시 그녀는 이불을 뒤집어쓰고 몸을 일으켰다가 둔부를 들었다.

음경이 빠지자 다시 조준을 하고 용을 쓰는가 싶더니 재차 삽입되었다.

"뭐하는 것이냐?"

그의 물음에 미령은 가슴에 엎드리면서 가쁜 숨을 할딱거리며 대답했다.

"이번에는 또 다른 곳에……."

"또 다른 곳?"

쾌도비는 그녀의 말뜻을 금방 이해하지 못했다.

"그게 어디냐?"

"옥문……."

여전히 이불을 뒤집어쓰고 있는 그녀로서도 그 대답을 하기 위해서는 용기가 필요했다.

"그럼……."

그는 여태까지 했던 곳이 제이의 구멍이라는 사실을 그제야 깨달았다.

"당신이 어젯밤에 하신 순서대로 다시 하는 거예요. 소녀가 뭘 잘못했나요?"

'이런 미친놈!'

만취가 되어 미령을 짓밟은 것으로도 모자라서 정상이 아닌 제이의 구멍을 사용하다니, 그는 자신이 미친놈 그 이상도 이하도 아닌 존재라고 새삼 깨달았다.

그러나 떡 본 김에 제사를 지낸다고, 이왕 삽입이 되었으니 나중에 북망산천을 가더라도 할 일은 해야 한다.

第八十章
창왕찰래(彰往察來)
—— 지난 일을 거울삼아서 장래의 득을 살핀다

은조는 하루의 거의 대부분의 시간을 요령을 치료하고 돌
보는 일로 보내고 있다.

쾌도비는 자신이 할 일을 대신 해주고 있는 은조에게 깊은
고마움을 느꼈다.

그러면서도 그녀를 놔두고 호연에 이어서 우령, 이제는 미
령까지 그녀의 수하들을 차례로 건드리고 있는 자신에 대해
서 환멸을 느끼고 있다.

마음속 깊은 곳에서는 자신이 은조를 사랑하고 있으며 또
한 그녀를 아내로 맞이해야 한다고 골백번도 더 되씹어서 다

짐하지만 그게 마음먹은 대로 되지 않았다.

여전히 주소옥에 대한 그리움과 향수가 짙은 앙금이 되어 남아 있는 상태고, 그것에서 벗어나려는 발버둥으로 마음이 어지러워져서 이 여자 저 여자 넘나들고 있다.

그러나 언제든 때가 되면 은조를 제대로 여자로서 느끼고 받아들여야겠다고 다짐하고 있다.

"여보, 흑심녀라는 사람을 어떻게 하지요?"

은조가 조심스럽게 묻는 말에 쾌도비는 즉시 요령의 방에서 나와 흑심녀가 머물고 있다는 전각으로 향했다.

그 일이 있고 난 다음 날부터 그의 곁에는 항상 미령이 그림자처럼 따르고 있다.

하지만 그는 흑심녀에게 가면서 미령을 일부러 떼어놓으려고 하지 않았다.

자신에 대해서 숨기는 것이 없어야 한다는 것이 요즘 새로 갖게 된 마음가짐이다. 우령의 죽음이 그렇게 만들었다.

늦봄 더위가 시작되는 계절인데도 흑심녀는 방문은 물론 창까지 꼭꼭 닫고 있었다.

쾌도비는 방 안에서 날카로운 파공음이 쉴 새 없이 흘러나오는 것을 들었다.

흑심녀하고는 그다지 오래 같이 있지는 않았으나 그녀는

먹고 자거나 술을 마시는 일 외에는 거의 무술 수련으로 하루를 보내곤 했었다.

이곳에서는 딱히 할 일도 없으니까 하루 종일 무술 수련으로 보내고 있다.

그녀가 무엇 때문에 방문과 창을 닫고 혼자 무술 수련을 하고 있는 것인지 쾌도비는 짐작할 수 있었다.

이곳 소요장에는 하나같이 날고 기는 고수뿐인데 자신의 별것 아닌 알량한 무술 수련 하는 광경을 다른 사람들에게 보이는 것이 한마디로 창피하기 때문이다. 그렇다고 그녀 성격에 아무 할 일 없이 무위도식하는 것은 지루해서 돌아버릴 것이다.

척!

쾌도비는 거침없이 문을 열고 안으로 성큼 들어갔다.

"아!"

상의가 흠뻑 젖도록 쌍도끼를 맹렬하게 휘두르면서 무술 수련에 몰두하고 있던 흑심녀는 갑자기 불쑥 들어서는 쾌도비를 발견하고 움찔 놀라는가 싶더니 자세가 흐트러지며 왼손의 도끼를 놓치고 말았다.

도끼는 닫혀 있는 창을 향해 날아가고 있는데, 그대로 놔두면 창을 부수고 밖으로 튀어나갈 것이다. 하지만 흑심녀로서는 어찌할 방법이 없어서 망연자실한 표정으로 쳐다보고만 있을 뿐이다.

그런데 창에 부딪치기 직전에 빠른 속도로 날아가던 도끼가 갑자기 뚝 멈추었다. 그리고는 한쪽 방향으로 가랑잎이 바람에 날려가듯이 스르르 날아가서는 쾌도비가 내민 손에 가볍게 잡혔다.

척!

허공섭물의 놀라운 수법을 본 흑심녀는 얼굴 가득 극도의 경악을 떠올린 채 쾌도비와 그의 손에 쥐어져 있는 도끼를 번갈아 쳐다보았다.

그가 어떻게 했기에 창으로 쏘아가던 도끼가 방향을 바꾸어 그의 손에 잡히게 되었는지 그녀의 짧은 지식으로는 아무리 궁리를 해봐도 도무지 알 길이 없다.

다만 쾌도비에게 신선 같은 놀라운 능력이 있을 것이라고 막연하게나마 상상을 할 뿐이다.

획!

쾌도비는 도끼를 슬쩍 던져주며 그녀에게 다가갔다.

"나를 기다렸느냐?"

그는 흑심녀가 자신을 찾아오고 또 지금까지 기다리고 있었던 이유가 한 가지라고 짐작했다.

즉, 일전에 그녀와 함께 마차를 털었던 돈과 보물에서 자신의 몫을 챙기려 한다는 것이다.

"네."

쾌도비의 물음에 흑심녀가 쌍도끼를 양쪽 허리에 차더니 자세를 공손히 하고 대답했다.

그런데 예전과는 달리 존대를 했다. 쾌도비가 예전에 그녀가 알고 있던 그 쾌도비가 아니기 때문이다.

예전에 그녀가 알고 지냈던 쾌도비는 탈명도였지만, 지금은 당금 강호에서 가장 많이 사람들의 입에 오르내리고 있는 일대영웅 무정도다.

제아무리 흑심녀라고 해도 강호 언저리에서 겨우 명패나 내놓는 처지인 그녀로서는 감히 함부로 대할 수 없는 상대이니 기가 죽은 것이다.

"령아."

"네."

그의 부름에 따라온 미령이 뒤에 다소곳이 서 있다가 공손히 대답했다.

"그녀에게 은자 이천만 냥을 줘서 보내라."

소요장에는 맹탁네 주루에 맡겨두었던 돈과 보물을 비롯하여 얼마 전에 팔신궁이 마도방파들에게 보내려다가 쾌도비 등에게 뺏긴 돈과 보물이 잔뜩 쌓여 있다.

"알았어요."

은자 이천만 냥이면 어마어마한 액수다. 사실 흑심녀는 은자 일이백만 냥 정도만 받아도 감지덕지할 상황이다. 사실 그녀는 자신의 몫을 받게 될 것이라고는 기대조차 하지 않았기 때문이다.

함께 마차를 털었던 광족과 정술이 마차의 돈과 보물을 파묻었던 곳 근처에서 처참한 시체로 발견된 것을 보고 일이 잘못됐다고 판단했었다.

그래서 쾌도비가 무사한지 아니면 혹여 천행으로 그가 마차의 물건들을 따로 챙겨둔 것은 아닌지 일말의 기대를 품기는 했었으나 실제로 제 몫의 돈을 갖게 될 것이라고는 기대하지 않았었다.

"따라와라."

쾌도비에게는 쓸개를 빼줄 것처럼 다정다감하고 공손한 미령이지만, 흑심녀를 대할 때는 평소의 성격으로 돌아와 싸늘하게 말하고는 문으로 향했다.

"자, 잠깐. 할 말이 있어요."

쾌도비가 몸을 돌려서 방을 나가려는데 흑심녀가 급히 그를 불러 세웠다.

그가 돌아서자 그녀는 감히 눈을 마주치지 못하고 쭈뼛거리기만 했다.

"저기……."

"죽고 싶으냐?"

미령이 쾌도비 옆에 서서 슬쩍 인상을 쓰자 흑심녀는 흠칫 몸을 떨었다.

흑심녀는 이곳에서 머무는 동안 자의 반 타의 반으로 모르고 있었던 많은 사실을 알게 되었다.

이곳 소요장이 사신 중 하나인 북황도의 하북지부라는 것과 북황고수 수십 명이 머물고 있다는 것, 무정도 쾌도비를 위시하여 여의천비 은조와 북황참마도 위걸, 여의사령과 천지쌍패 등 흑심녀로선 평생 한 번도 마주치지 못할 엄청난 고수들이 득실거리고 있다는 사실 등이다.

그리고 가끔 마주치는 북황고수들의 대화를 통해서 우연히 한 가지 엄청난 사실을 새롭게 알게 되었다.

그것은 쾌도비가 사신의 하나인 팔신궁 궁주 무황천신을 죽여서 수급을 잘랐으며, 단신으로 팔신궁의 잔당을 전멸시켜서 팔신궁을 강호에서 영원히 사라지게 만들었다는 어마어마한 사실이었다.

북황고수들이 그녀에게 직접 해준 얘기가 아니라 그들이 두런두런 나누는 대화를 어깨너머로 얼핏 들은 것이지만 절대 잘못 듣지 않았다.

처음에 이곳에 왔을 때 쾌도비가 당금 강호 최고의 영웅이며 만리난도의 실제 주인공이라는 사실을 알고 나서 혼비백산 경악한 흑심녀는 며칠 동안 오만 가지 복잡한 생각에 사로

잡혔었다.

그런 상황에서 또다시 그녀가 알게 된 사실이 쾌도비가 무황천신을 죽이고 팔신궁을 전멸시켰다는 것이니 경악에 경악이 더해진 것이다.

"돈은 받지 않겠어요. 그 대신 부탁이 있어요."

흑심녀는 더 이상 인간으로 보이지 않고 신으로 여겨지는 쾌도비를 똑바로 쳐다보지도 못하고 전전긍긍하며 자신이 지난 며칠 동안 고심 끝에 내린 결정을 어렵게 입 밖에 꺼냈다.

"저를 당신 곁에 있게 해주세요."

정말 뼈와 살을 짜낼 만큼 어렵게 용기를 내어 꺼낸 말이다.

슥—

그러나 쾌도비는 가타부타 말도 없이 몸을 돌렸다. 보나마나 거절이다.

"부탁이에요."

거절당했다고 판단한 흑심녀는 한 걸음 앞으로 나서며 그의 등에 대고 안타깝게 말했다.

그녀가 활개를 치면서 놀던 바닥에서는 피도 눈물도 없는 잔인무도한 여장부라고 소문이 쟁쟁했었던 그녀가 지금 같은 비굴한 표정에 애절한 목소리를 내는 것은 생전 처음 있는 일이다.

"한마디만 더 벙긋 하면 목을 잘라 버리겠다."

미령이 어깨의 검을 손으로 툭 건드리면서 흑심녀에게 경고를 하고는 돌아섰다.

흑심녀는 반사적으로 부르르 몸을 떨었다. 미령의 경고가 말뿐만이 아님을 알기 때문이다.

하지만 흑심녀가 쾌도비 곁에 머물고 싶은 이유는 그에게 사랑을 원해서가 아니다.

그런 사사로운 욕심이 전혀 없다면 거짓말이겠지만, 그의 곁에는 북여의 여의천비나 여의사령 같은 엄청난 여자들이 인의 장벽을 치고 있기에 흑심녀 따윈 언감생심 그런 꿈도 꿀 수가 없다.

그러므로 그녀의 바람은 어떻게든지 쾌도비 곁에 머물면서 부지런히 실력을 쌓은 후에 강호에 이름을 날리고 싶다는 것이다.

말하자면 쉬파리 혼자서는 먼 길을 갈 수 없지만 천리마 꼬리에 붙으면 천 리 길도 갈 수 있다는 창승부기미치천리(蒼蠅附驥尾致千里)라는 뜻이다.

은자 이천만 냥이면 죽을 때까지 흥청망청 써도 반조차 쓰지 못할 거액이다.

하지만 흑심녀는 그것으로는 자신의 야심을 채우지 못한다는 사실을 깨달았다.

쾌도비가 무정도였다는 사실을 알기 전까지만 해도 그녀의 지상목표는 무조건 돈이었다.

돈만 많으면 무엇이든지 할 수 있을 것이라는 게 그녀의 지론이고 믿음이었다.

그러나 쾌도비의 감춰졌던 정체와 그가 이룩한 엄청나고도 눈부신 업적에 대하여 알고 나서는 고심 끝에 인생의 목표를 바꿨다.

쾌도비만큼은 아니더라도 그녀도 강호에 이름을 날려보고 싶다는 욕심이 생긴 것이다.

많은 돈은 몸뚱이를 풍족하게 해주겠지만 마음은 빈한(貧寒)할 터이다.

인생이 잘 먹고 잘 사는 것뿐이라면 돼지와 다름이 없다. 흑심녀는 돼지처럼 살 수는 없다고 생각했다. 반면에 명성과 명예는 억만금을 주고도 살 수 없는 그 무엇이다. 가난하더라도 찬란한 명성과 명예를 지니고 있다면 그것이 진정한 행복이라고 판단한 것이다.

그래서 그녀가 은자 이천만 냥을 포기하면서까지 애원을 하고 있는데, 쾌도비는 더 들어볼 것도 없다는 냉랭한 반응인데다 호위하고 있는 아리따운 여고수는 목을 베겠다고 으름장이다.

흑심녀의 얼굴이 보기 싫게 일그러지더니 결국 억누르고

있던 본성이 폭발하고 말았다.

"이런 염병할! 야! 쾌도비! 이 새끼야!"

미령이 열어주는 문으로 쾌도비가 막 나가려는데 뒤에서 흑심녀의 뒤틀린 목소리가 터졌다.

승—

미령이 어깨의 검을 뽑자마자 흑심녀를 향해 쏘아가며 번 뜩 검을 휘둘러갔다.

그러나 흑심녀는 그걸 보지 못한 것처럼 악에 받쳐서 쾌도 비에게 소리쳤다.

"도비 네가 나한테 이럴 수가 있어? 야! 이 우라질 새끼야! 나하고 한번 맞짱 떠보자, 엉?"

그녀로서는 이판사판 죽기를 각오하고 분통을 터뜨리는 것이다.

사아아—

쾌도비는 뒤돌아서지 않고 우뚝 서 있으며, 미령의 검이 깨 끗한 수법으로 허공을 가르며 흑심녀의 목을 향해 비스듬히 날아들었다.

"이런 빌어먹을 새끼! 네가 언제부터 무정도였어? 나한테 이래도 되는 거야? 육시랄 놈아!"

흑심녀는 자신의 목이 곧 떨어질 것이라는 생각에 오만상 을 쓰며 욕설을 내뱉었다.

"령아, 멈춰라."

그때 쾌도비의 조용한 목소리에 이어 미령의 검날이 흑심녀의 목 한 뼘 거리에 뚝 멈췄다.

흑심녀는 그 자리에 얼어붙어 온몸이 빳빳해졌다. 객기를 부리기는 했어도 검이 목을 자르는 판국에 오금이 저린 것은 어쩔 수가 없는 일이다.

문 밖에서 몸을 돌린 쾌도비가 흑심녀를 쳐다보며 담담한 얼굴로 물었다.

"그래, 내 곁에서 무얼 하고 싶으냐?"

"우라질! 아무 거나 시켜줘!"

흑심녀는 자신도 모르는 사이에 두 눈에 눈물이 그렁그렁 고여서 바락 악을 썼다.

"이 나쁜 자식아! 날 꼭 이렇게 짓밟아놔야지만 속이 후련하냐? 넌 예전부터 정말 꼴통이었어!"

"령아, 저 녀석 허드렛일이라도 시켜라."

쾌도비는 그 말을 남기고 휑하니 가버렸다.

툭…….

미령은 흑심녀의 목 옆에 멈춘 검을 거두어 그녀의 하체 은밀한 부위를 슬쩍 건드렸다.

"변변치 못한 년이 어찌 천하의 무정도 곁에서 머물겠다고 주접을 떨다니… 쯧쯧……."

흑심녀는 찬바람이 일도록 홱 돌아서 나가는 미령의 뒷모습을 응시하다가 자신의 아랫도리를 내려다보고는 얼굴이 참담하게 일그러졌다.

바지 사타구니와 아래쪽이 온통 젖어 있었고 물이 뚝뚝 떨어지고 있었다. 그러고 보니 옥문에서부터 허벅지 전체가 뜨뜻했다.

한껏 깡다구를 부려봤으나 내심으로는 겁에 질려서 그만 오줌을 싼 것이다.

*　　　*　　　*

북경에서 서남쪽으로 칠십여 리 떨어진 곳에 오대산 자락을 북서쪽으로 등지고 방산현이 자리를 잡고 있다.

현의 중심에서 뚝 떨어진 남쪽에는 대청하 여러 물줄기 중 하나의 상류가 흐르고 있으며, 그곳 야트막한 언덕 위에 한 채의 자그마한 장원이 위치해 있다.

외지인이 오랫동안 비어 있던 장원을 사들여서 수리를 하고는 이틀 전에 온가족이 이사를 왔다.

우두두…….

늦은 오후. 세 필의 준마가 먼지를 일으키면서 장원 앞으로 달려와 멈추었다.

세 필의 마상에는 헌앙한 모습의 쾌도비와 은조, 미령이 타고 있으며, 그들은 장원의 전문과 담 너머 장원 안을 두루 둘러보았다.

장원이라고 하기에는 규모가 작았다. 담 너머로는 아담한 전각 세 채가 옹기종기 모여 있으며, 강 쪽으로는 고풍스러운 누각 모양의 별채가 따로 뚝 떨어져 있다.

전문도 자그마했으며 그래도 현판이 걸려 있는데—유정거(有情居)—라는 글귀가 적혀 있었다.

현판을 본 은조가 쾌도비를 보면서 미소를 지었다. 이 장원의 이름을 어째서 '유정'이라고 지었는지 짐작할 수 있다는 듯한 미소다.

쾌도비의 별호가 '무정'이지만 그의 용서 덕분에 새 삶을 얻게 된 이 장원의 주인은 장원 이름을 '유정', 즉 정이 있는 곳이라고 지은 것이 분명했다.

"누가 와요."

쾌도비와 은조가 장원을 살피느라 여념이 없을 때 미령이 조용한 목소리로 일러주었다.

쾌도비와 은조가 돌아보니 저만치 관도에서 장원 유정거로 이르는 오솔길로 한 사람이 빠른 걸음으로 걸어오고 있는 모습이 보였다.

쾌도비와 은조, 미령이 묵묵히 지켜보고 있는 가운데 그 사람은 장원 전문 앞에 이르러 멈추었다.

이십대 후반의 남자로서 싸구려지만 깔끔한 황의 경장을 입었으며, 어깨에는 한 자루 대감도를 메었고, 머리 위로 상투를 튼 호남형의 강직해 보이는 용모다.

사내는 전문 앞에 낯선 남녀들이 말을 탄 채 모여 있는 광경을 보고 몹시 긴장한 듯했다.

더구나 쾌도비와 은조, 미령의 훌륭한 옷차림이나 전신에서 뿜어지는 엄청난 기도에 기가 질린 모습이다.

특히 쾌도비의 천신처럼 당당한 체구와 준수한 용모, 그리고 한 번 쳐다보면 눈을 떼지 못할 듯한 절색미모의 은조를 보고는 잠시 정신을 차리지 못하는 듯했다.

그러나 그는 곧 자세를 바르게 하고 정중히 포권을 하면서 물었다.

"혹시 귀하들께선 본 장에 용무가 있소?"

쾌도비와 미령은 묵묵히 있는데 미령이 사내에게 물었다.

"당신은 누구죠?"

미령이 수줍어하고 숫기가 없는 것은 자신의 주위 사람들에게 국한된 것이고 외부인에게는 찬바람 그 자체라서 표정과 목소리에서 한기가 풀풀 날렸다.

사내는 자신의 장원 전문 앞에서 낯선 사람들이 기웃거리고 있으며, 묻는 말에 대답하지 않고 오히려 반문을 하는 데도 조금도 불쾌한 표정을 짓지 않고 시종일관 정중했다.

"불초는 이 장원 주인의 사위되는 사람이오."

그의 대답을 들은 쾌도비는 그를 응시하는 눈빛이 복잡하게 변했다.

사내 정호(鄭鎬)는 전문으로 향했다.

"볼일이 있다면 들어오시오."

처음 보는 낯선 사람들인데도 긴장은 하되 경계를 하지 않는 그를 보고 쾌도비는 무척 공명정대한 인물이라는 생각이 들었다.

끼이…….

전문은 잠겨 있지 않아서 사내 정호가 슬쩍 미니까 안쪽으로 활짝 열렸다.

척!

말에서 내린 쾌도비 등은 말고삐를 잡고 천천히 안으로 걸어 들어갔다.

다각다각…….

정호가 앞서고 쾌도비 등이 뒤따르며 조용한 장원 내에 간단없이 말발굽 소리가 잔잔하게 울려 퍼지고, 오래지 않아서 전문에서 뜰 건너편의 전각에서 한 명의 여자가 앞치마에 젖은 손을 닦으며 총총히 달려나왔다.

"여보! 이제 오시는……."

남편을 맞이하러 반갑게 달려오던 여자는 정호의 뒤를 따르고 있는 쾌도비 등을 발견하고는 말을 멈추며 크게 놀라는 표정을 지었다.

"손님들이야."

정호는 미소 지으며 손으로 쾌도비 등을 가리켰다. 그것을 여자는 쾌도비 등이 정호의 손님이라는 뜻으로 잘못 알아들었다.

"어서 오세요. 저희 남편께서 늘 신세를 지고 있습니다."

정호는 아내가 오해한 것을 알았으나 구태여 바로 잡아주려고 하지 않았다.

여자는 쾌도비와 은조의 용봉(龍鳳) 같은 절세의 기상과 용모에 크게 놀라고 적잖이 압도되어 잠시 동안 멍한 표정을 지었다.

미령이 아름답고 청초하기는 하지만 은조의 미모와 기품에 비할 수는 없다.

은조는 그야말로 지상의 모든 찬사를 모두 갖다 붙인다고 해도 모자랄 정도의 절색가인이 아닌가.

"매형 오셨어요?"

그때 전각 안에서 어린 소년이 노래하듯이 명랑하게 외치면서 걸어 나왔다.

소년은 십이삼 세로 보이는 사내아이인데도 얼굴이 매우

희고 나약해 보였다.

소년은 낯선 사람들을 보고는 움찔 걸음을 멈추었으나 여자가 손을 잡고 이끌었다.

"매형 친구분들이시다. 인사드려라."

소년은 머뭇거리지 않고 똑바로 서서 두 손을 앞에 모으고 허리를 굽혔다.

"예림입니다."

"저는 저 사람의 처인 예정이에요."

그 참에 여자도 소년 예림 옆에 나란히 서서 다소곳이 고개를 숙이며 인사했다.

쾌도비는 예정과 예림을 물끄러미 바라보았다. 그들이 바로 이복누나와 이복동생인 것이다. 난생처음 만나는 자신의 핏줄을 물끄러미 응시하면서 쾌도비의 마음은 복잡하기 이를 데 없었다.

쾌도비 등은 탁자 둘레에 앉아서 차를 마시고 있다. 그의 좌우에 은조와 미령이 앉았는데, 미령이 서 있으려는 것을 은조가 불편하다며 앉으라고 했다.

정호와 예정, 예림은 보이지 않았다. 아마 지금쯤 정호는 쾌도비 등이 자신의 손님이 아니라는 사실을 예정에게 말해 주었을 것이다.

쾌도비는 어딘지 부자연스럽고 경직된 표정으로 실내를 천천히 둘러보았다.

그가 오늘 이곳에 찾아온 것은 순전히 은조의 뜻에 따랐기 때문이다.

은조는 쾌도비가 요즘처럼 심적으로 많이 힘들어하는 시기에 가족과 화합이 잘되면 좋을 것이라는 생각에 이번 방문을 그에게 부탁했던 것이다.

그녀의 그런 속 깊은 마음을 알기에 쾌도비는 마지못한 듯 따라나섰다.

그때 예정과 정호가 다시 모습을 나타냈다.

"귀하들께선 장인어르신께 용무가 있으신 게요?"

"그렇소."

쾌도비가 처음으로 입을 열었다.

그러자 예정이 깜짝 놀라는 표정을 지었다. 그의 목소리가 부친의 목소리와 너무 흡사했기 때문이다.

그런데 조심스럽게 그를 살펴보던 예정의 눈이 점점 더 커지고 얼굴 가득 놀라움이 떠올랐다.

쾌도비가 비단 목소리만 부친과 비슷할 뿐 아니라 용모까지도 빼다 박은 것처럼 닮았다는 사실을 이제야 발견했기 때문이다.

정호는 예정이 쾌도비를 보면서 크게 놀라고 있는 것을 발견하고 슬쩍 팔꿈치로 그녀를 건드렸다.

사실 정호도 쾌도비를 처음 봤을 때 장인의 청년 시절 모습
이 저러지 않았을까 하는 생각에 많이 놀랐으므로 예정이 무
엇 때문에 놀라고 있는지 충분히 짐작했다.

"저는… 저녁 식사를 준비하겠어요."

"우린 그전에 갈 것이오."

예정이 말하고 급히 돌아서려는데 쾌도비가 건조한 목소
리로 툭 내뱉었다.

예정이 놀라서 뒤돌아서자 은조가 쾌도비의 팔을 잡으며
방그레 미소 지었다.

"여보, 여기까지 와서 식사 대접을 뿌리친다는 것은 예의
에 어긋나는 것 같아요."

앉아 있는 자리가 가시방석 같은 쾌도비지만 은조의 말을
거스르고 싶지는 않았다. 하지만 아무 말도 하지 않고 침묵으
로 그녀의 말에 따랐다.

쾌도비 등 세 사람이 나란히 앉은 맞은편에 정호가 앉아서
예의상의 대화가 시작되었다.

"무슨 일을 하고 있나요?"

불과 반 장 거리에서 천하절색인 은조가 방그레 미소 지으
면서 묻자 천하에 여자라곤 자신의 아내밖에 모르는 정호조

차도 머리가 어질어질할 정도로 혼미해졌다.

"아… 저… 원래는 북경 외곽 작은 마을의 승영문(昇英門)이라는 곳에서 무술사범을 하고 있었는데… 이번에 이곳으로 이사를 오는 터에 방산현에서 사범 일을 구해보려고 돌아다니고 있습니다."

"그렇군요."

은조는 승영문이라는 문파명을 들어본 적이 없다. 그로 미루어 이삼류 문파인 듯했다.

"저… 실례지만 세 분의 존성대명은 어찌 되오?"

정호가 용기를 내서 물었다.

"은조라고 해요."

"미령이에요."

은조는 살포시 미소 지으며, 미령은 냉랭하게 이름을 밝혔으나 쾌도비는 잠자코 있었다.

"이분은 쾌도비라고 해요."

"아… 그렇군요."

정호는 처음 들어보는 이름이지만 내색하지 않고 고개를 끄떡였다.

만약 그가 은조의 눈부신 미모 때문에 정신이 혼미하지 않았더라면, 쾌도비나 은조라는 이름을 듣고서 곰곰이 생각을 해보고서 두 사람이 누군지 알 수 있었을지도 모른다.

천하를 진동시키고 있는 것은 무정도 혹은 여의천비라는 별호이지 이름은 그다지 알려지지 않았기 때문이다.

"저희 장인어르신하고는 어떻게 알게 되셨는지요?"

"이제 그만 좀 묻는 게 어떤가?"

정호가 궁금한 표정으로 묻는데 쾌도비가 무심한 얼굴로 툭 내뱉었다.

"그게 무슨……."

"그만 가자, 조아."

쾌도비는 어색한 분위기에 정호가 자꾸 이것저것 묻자 더이상 참지 못하고 벌떡 일어섰다.

하지만 그는 바로 그때 입구로 막 들어서고 있는 두 사람, 즉 예림의 손을 잡고 있는 예건후를 발견하고는 움찔 표정이 굳었다.

예건후는 쾌도비보다 열 배는 더 놀라서 그 자리에 뚝 멈추고는 복잡한 표정을 지었다.

두 사람은 얼어붙은 듯 그 자리에 서서 서로를 주시할 뿐 누구도 입을 열지 않았다.

"또 만났군요."

어색한 분위기는 은조가 일어나서 예건후에게 공손히 포권을 하면서 깨어졌다.

"아……."

예건후는 움찔하더니 예림의 손을 놓고 천천히 다가오는
데 얼굴이 반가움으로 물들기 시작했다.

이번 기회에 두 사람을 화해시켜 주기로 작정을 한 은조는
최선을 다했다.

"불쑥 찾아와서 실례가 아닌지 모르겠군요."

"실례는 무슨… 그런 말 마시오. 이렇게 찾아와 주다니, 오
히려 내가 감사하오."

예건후는 손을 휘휘 저었다. 그는 쾌도비가 냉랭한 얼굴로
무뚝뚝하게 서 있으며, 은조가 호의적으로 말하는 것으로 미
루어 아들이 은조에게 마지못해서 끌려왔다는 사실을 알아차
렸다.

정호도 일어나 있는데 그는 과연 이들과 예건후가 어떤 관
계인지 자못 궁금한 듯 조심스럽게 지켜보았다.

"저녁 식사 하고 가도 괜찮을까요?"

이번에도 은조가 먼저 양해를 구하자 예건후는 고개가 부
러질 정도로 크게 끄떡였다.

"물론이오! 저녁 식사뿐만 아니라 자고 가도 되오!"

그리고는 예정을 불러서 저녁을 맛있게 하라고 이르고 정
호에게는 자신이 아끼는 술을 내오라는 등 평소의 점잖은 그
답지 않게 허둥거렸다.

정호는 장인의 그런 모습을 처음 보는 터라서 쾌도비 등의

신분이 무엇인지 더욱 궁금했다.

"이분 낭자는……."

"소녀의 수하예요."

예건후가 미령을 궁금해하자 은조가 방그레 미소 지었고, 미령은 최대한 공손히 포권지례를 했다.

"미령이에요. 어르신을 뵈어요."

그녀는 사전에 예건후가 누구며 쾌도비하고 어떤 관계인지 또 어떤 상황인지 설명을 들었기 때문에 결례를 하지 않으려고 애썼다.

"아버님! 잠시 밖에 나와 보세요!"

그때 바깥에서 예정의 자지러질 듯 놀라는 외침이 들려 예건후는 의아한 표정을 지으며 급히 밖으로 나갔고, 정호와 예림도 뒤따랐다.

第八十一章

여족여수(如足如手)

―손발과 같으니 형제는 서로 떨어질 수 없는 사이다

전문 안쪽 뜰에 한 대의 마차가 들어와 멈춰 있는데 마차를 몰고 온 어자석의 선령과 아령이 내려서 예건후에게 마차를 가리키며 공손히 설명했다.

"쾌 소협과 소루주의 심부름을 왔어요."

선령과 아령이 마차의 문을 여니 안에는 수십 필의 비단과 향료, 인삼과 하수오 따위의 약재, 구하기 어려운 먼 바다의 물고기들과 귀한 난초와 화초 등이 가득 들어 있었다.

"아버님……."

예정은 하나같이 난생처음 보는 귀한 물건들이라 놀라서

예건후를 바라보았다.

예건후는 이것이 쾌도비와 은조가 자신의 집에 처음 찾아온 것에 대한 선물이라 생각하고는 가슴이 터질 것처럼 흐뭇하고 기뻤다.

"감사히 받겠소. 어서 안으로 드시오."

예건후는 선령과 아령을 안으로 안내했다.

쾌도비는 밖에서의 대화를 듣고 어떻게 된 일인지 비로소 알게 되어 은조를 쳐다보았다.

그러나 은조는 아무 말도 하지 않고 그저 방그레 미소만 지을 뿐이다.

그는 은조가 이번 예건후의 방문에 얼마나 정성을 기울이고 있는지를 깨닫고 고마운 마음과 더불어서 자신도 그에 부응해야겠다고 마음먹었다.

예건후를 뒤따라서 들어온 선령과 아령은 쾌도비와 은조에게 공손히 예를 갖추고는 두 사람 뒤쪽에 미령과 함께 나란히 섰다.

마차 가득 진귀한 선물을 받은 예건후는 기쁘기 한량없는 마음이고, 그를 따라 나갔던 정호는 저토록 귀한 선물을 갖고 온 쾌도비와 은조의 신분이 과연 무엇인지 아까보다 더 궁금해졌다.

예건후는 선물 역시 은조가 준비했을 것이라고 생각했다. 쾌도비가 자신을 닮았다면 그런 배려심 같은 것은 없을 테니까 말이다.

사람이 많기 때문에 임시로 마련한 커다란 식탁에 근사한 저녁 식사가 그득하게 차려졌다.

그러나 그때까지도 쾌도비와 예건후는 아직 한마디도 나누지 않은 상태다.

오로지 은조와 예건후 두 사람만 대화를 나누었고 쾌도비와 정호는 마주 앉은 채 꿰다놓은 보릿자루 같았으며, 여의삼령은 쾌도비와 은조 양쪽에 앉아 있었다.

저녁 식사가 차려졌는데도 분위기가 영 어색하자 예건후가 특단의 조치를 취했다.

"흠!"

그는 헛기침을 한 번 하더니 자리에서 일어나 쾌도비에게 성큼성큼 걸어갔다. 이어서 가슴을 쭉 펴고는 조용한 어조로 말했다.

"네 화가 풀릴 때까지 나를 마음껏 때려라."

그가 그런 돌발적인 말을 할 것이라고는 아무도 예상하지 못했기에 모두 크게 놀랐고 쾌도비는 못마땅한 듯 슬쩍 미간을 찌푸렸다.

"됐소."

"그럼 계속 아무 말도 하지 않고 화난 것처럼 부루퉁한 얼굴로 앉아 있을 셈이냐?"

쾌도비가 앉은 채 힐끗 노려보니까 예건후는 가소롭다는 듯 빙그레 미소 지었다.

"너의 그 간지러운 솜방망이 주먹이라면 천 대라도 맞을 수 있다."

은조는 쾌도비의 얼굴이 발끈하는 것을 읽었다.

슥—

"그렇다면 한 대만 때리겠소."

마침내 쾌도비가 몸을 일으켜서 예건후와 마주 섰다.

은조는 쾌도비가 설마 예건후를 죽이지는 않을 거라는 생각에 한 대의 주먹으로 화해가 이루어지기를 기대했다.

반면에 미령은 쾌도비가 예건후를 죽이지는 않더라도 어디 뼈라도 하나 부러뜨리기를 원했다. 그녀는 쾌도비만큼이나 예건후를 용서하지 못했다.

예정과 예림 남매, 그리고 정호는 무슨 영문인지 몰라서 조마조마한 표정으로 지켜보기만 했다.

"한 대? 좋다. 때려라. 대신 그 이후에는 가슴속에 꽁한 거 털어내는 거다."

예건후는 뒷짐을 지면서 호기롭게 가슴을 내밀었다.

"밖으로 나오시오."

쾌도비는 작심을 했는지 한마디 던지고는 먼저 휭 하니 밖으로 나가 버렸다.

단지 한 대를 때리는 것뿐인데 실내에서는 때릴 수가 없으니 밖으로 나오라는 것인데, 도대체 얼마나 심하게 때리려는 것인지 자신을 때리라고 먼저 말을 꺼낸 예건후마저도 표정이 굳었다.

장난처럼 시작한 일에 예건후는 조금 긴장했다. 쾌도비의 표정이 마치 사람을 죽이기라도 할 것처럼 자못 살벌하기 때문이다.

그렇지만 화가 풀릴 때까지 실컷 때리라고 먼저 말한 사람은 예건후다.

그것을 쾌도비가 한 대만 때리겠다고 양보한 것인데 이제 와서 그만두라고 할 수는 없다.

아니, 쾌도비의 화만 풀린다면 그에게 맞아 죽는다고 해도 기꺼이 웃을 수 있는 예건후다.

예건후는 뜰 한가운데로 걸어갔다가 돌아서서 쾌도비를 턱짓으로 불렀다.

"자. 이리 와서 날 때려라."

쾌도비는 삼 장 거리의 예건후를 쳐다보더니 오른손으로

먼지를 털 듯 가볍게 흔들었다.

꽝!

"으악!"

순간 쾌도비의 손에서 칠흑처럼 시커먼 기운이 일직선으로 뿜어지는가 싶더니 예건후의 가슴에 작열하며 엄청난 폭음이 터졌다.

그와 동시에 그가 처절한 비명을 지르면서 허공으로 가랑잎처럼 날려가 잠깐 사이에 장원의 담을 넘어 시야에서 사라져 버렸다.

예건후가 서 있던 곳에서 사라진 곳까지의 거리는 족히 이십여 장이 넘는다.

쾌도비를 제외한 모든 사람은 얼굴에 경악지색을 떠올린 채 예건후가 사라진 방향을 쳐다보았다.

모르긴 해도 쾌도비가 방금 발출한 일장에는 엄청난 공력이 실려 있어서 그것에 정통으로 적중된 예건후는 즉사했을 가능성이 크다.

정호는 태어나서 방금 전 같은 놀라운 수법, 아니, 신기를 처음 보았다.

어떻게 삼 장이나 먼 거리에서 슬쩍 손목만을 뒤집어서 그토록 강맹한 공력을 뿜어낼 수 있는지, 그제야 정호는 그것이 장풍이라는 것과 쾌도비가 엄청난 절정고수라는 사실을 깨달왔다.

"아… 버님……"

그때 예정이 하얗게 질려서 비틀거리며 눈물을 흘리자 정호는 번쩍 정신을 차렸다.

창!

"이놈! 감히 장인어른을 죽이다니, 목을 내놔라!"

그때 정호가 어깨의 대감도를 뽑는 것과 동시에 곧장 쾌도비를 베어가며 피를 토하듯 울부짖었다. 그는 너무 분노한 나머지 자신이 쾌도비의 상대가 되지 않는다는 사실마저도 망각했다.

캉!

그러나 어느새 미령이 검을 뽑아 그어오는 정호의 대감도를 간단하게 막았다.

"윽……"

미령이 전혀 공력을 사용하지 않았는데도 반탄력에 정호는 비틀거리면서 뒤로 대여섯 걸음이나 물러나는데 입에서 울컥 피를 토했다.

"미령아! 무슨 짓이냐?"

그걸 보고 은조가 놀라서 꾸짖자 미령은 두 손을 모으고 어쩔 줄 몰랐다.

"죄송합니다. 공력을 전혀 사용하지 않았는데 저 사람이 이처럼 약할 줄은 몰랐습니다."

입에서 흘린 피로 상의가 붉게 물들은 정호는 수치심과 분노가 범벅된 표정으로 쾌도비를 쏘아보았으나 재차 공격하지는 않았다.

소용없다는 것을 깨달은 것이다. 대신 입에서 피를 흘리며 분노의 일성을 터뜨렸다.

"우리는 성심껏 손님으로 대했더니 도대체 이게 무슨 짓이란 말이오?"

"여보! 어서 아버님께 가보세요!"

예정의 울부짖음에 번쩍 정신을 차린 정호는 예건후가 날아간 방향으로 달려갔다.

그때 쾌도비가 강 쪽을 향해 나직이 소리쳤다.

"당장 나오지 않으면 이대로 가겠소."

정호는 멈칫하며 쾌도비를 뒤돌아보았고, 예정과 예림은 울면서도 의아한 표정을 지었다.

휘익!

그런데 그때 담 너머에서 하나의 물체가 솟구쳐 오르더니 곧장 이쪽으로 날아오는데 예건후가 분명했다.

"아버님!"

예정 남매와 정호가 놀랍고도 반갑게 외치는 가운데 예건후는 모두의 앞쪽 지상에 가볍게 내려서고 나서 껄껄 호탕하게 웃었다.

"하하하! 강물이 보기보다 깊어서 허우적거리다 보니까 좀 늦었다!"

"아버님……."

"장인어른! 괜찮으십니까?"

예정 남매와 정호가 다가가며 걱정스럽게 묻자 예건후는 쾌도비를 가리키면서 웃으며 어깨를 흔들었다.

"하하하! 내가 뭐라고 했었느냐? 저 녀석 주먹은 솜방망이라니까!"

사실 쾌도비는 겉보기에만 요란하게 예건후에게 일장을 가격했던 것이다.

일부러 손에서 새카만 흑무를 발출했으며, 커다란 폭음이 터지게 했고, 예건후를 허공에 붕 띄워서 담 너머 강물에 꽂았으나 실상 그는 머리카락 한 올 다치지 않았다. 다만 온몸이 물에 흠뻑 적었을 뿐이다.

예건후는 젖은 몸으로 다가와 친숙하게 한쪽 팔을 쾌도비의 어깨에 걸쳤다.

"들어가서 밥 먹자, 솜방망이."

쾌도비가 그의 팔을 쳐내려고 하는데 옆에서 은조가 그의 손을 꼭 잡았다.

가만히 있으라는 뜻이다. 은조는 이것으로 앙금이 풀렸다는 생각에 가슴이 훈훈해졌다.

예정은 얼굴이 하얗게 질려서 경악한 표정으로 부친 예건후를 바라보았다.

예건후는 자신이 젊었을 때 팔신궁 낙양분궁으로 파견을 나가서 저질렀던 과오, 즉 거짓말로 한 여자를 만나서 사랑을 하고, 이후 그녀를 버리고 북경으로 떠나왔으며, 그녀의 아들 쾌도비가 성인이 되어 자신을 찾아왔다는 긴 얘기를 추호의 거짓말도 섞지 않고 방금 끝냈다.

그는 그 얘기를 하면서 자식들과 사위에게 어떤 질타라도 받을 각오가 돼있었다.

정호와 예림도 매우 놀랐으나 예정만큼은 아니다. 그녀는 부친을 법 없이도 살 수 있는 공명정대한 사람이라고 굳게 믿었던 만큼 그에 반해서 충격이 컸다.

그녀는 옆에 앉아 있는 사람이 자신의 부친이라고 믿어지지 않을 정도였다.

"어머니와 저를 북경에 놔두고 그런 짓을 저질렀다는 말씀인가요?"

"그렇다. 미안하구나."

그녀가 창백한 얼굴로 눈물을 흘리면서 따지듯이 묻자 예건후는 착잡한 얼굴로 고개를 끄떡였다.

"그렇다면 그녀는……."

"그녀는 죽었다."

예건후는 맞은편에 굳은 얼굴로 앉아 있는 쾌도비를 쳐다보았다.

"그녀는 평생 나를 증오하다가 끝내 저 아이에게 나를 죽이라는 유언을 남기고 숨을 거두었다."

예정은 더욱 눈물을 흘리며 원망을 터뜨렸다.

"당연히 그랬겠지요! 제가 그녀였더라도 아버님을 죽이라고 유언했을 거예요!"

그녀도 이제는 한 남자의 아내로서, 여자가 사랑하는 남자에게 배신과 버림을 당한다는 것이 얼마나 고통스러운지 알수 있게 되었기에 부친이 더욱 원망스러웠다.

지금 그녀는 딸로서, 그리고 한 남자의 아내로서 부친을 대하고 있었다.

"저는 절대로 아버님을 용서하지 못해요! 아니, 용서하지 않을 거예요!"

탁!

마침내 예정은 두 손으로 탁자를 짚으며 발딱 일어섰다.

정호는 언제나 순종적이고 선량한 아내 예정이 이처럼 화를 내는 모습을 본 적이 없었다. 그만큼 그녀가 큰 충격을 받았다는 뜻이다.

예정이 차갑게 몸을 돌리려고 할 때 쾌도비가 조용한 목소리로 입을 열었다.

"누구의 고통이 더 컸다고 생각하는 거야?"

"……."

"불과 일 년여 동안 사랑을 한 대가로 평생 고통 속에서 살아야 했던 어머니와 아비 없이 길거리를 헤매면서 살아온 나야. 그런데 너희의 고통이 나와 어머니보다 더 크다고 말하는 거야?"

쾌도비는 약간 고개를 숙인 채 독백하듯이 그리고 씹어뱉듯이 조용히 중얼거렸다.

예정은 돌아서서 착잡한 얼굴로 쾌도비를 바라보았다. 그렇다. 그녀의 고통이라는 것은 방금 전에 시작된 것이지만, 쾌도비와 그의 어머니의 고통은 수십 년간 이어져 왔으니 비교하는 것 자체가 모순이다.

그들 모자가 그 오랜 세월 동안 어떻게 몸부림치면서 살아왔을지는 상상조차도 되지 않았다.

반면에 그녀와 동생은 그런 사실조차 모른 채 그동안 행복하게 살아왔으니 그녀들 역시 쾌도비와 그의 모친에게는 죄인인 셈이다.

슥—

쾌도비는 고개를 들고 맞은편의 예건후를 응시하며 조용

히 말을 이었다.

"나는 저 사람을 용서했다. 그게 밥 먹듯이 쉬운 일이라고 생각하나?"

그는 차가운 시선으로 예정을 쳐다보았다.

"내가 용서했는데 네가 용서하지 못한다고? 그게 말이 된다고 생각하는 거야?"

예정은 얼굴이 크게 흐려지더니 고개를 푹 숙였다. 쾌도비의 말이 백번 천번 옳기 때문이다.

이것은 팔다리가 다 잘라진 사람이 가해자를 용서했는데 뺨 한 대 맞은 사람이 용서하지 못한다는 것이나 다름이 없는 얘기다.

"이놈아! 누나에게 무슨 말버릇이냐?"

그때 예건후가 눈을 부라리면서 쾌도비를 꾸짖었다.

"어서 누나에게 잘못했다고 빌지 못하겠느냐?"

쾌도비는 발끈해서 예건후를 무섭게 쏘아보았다.

쿵!

"어허! 이놈이 그래도!"

그러자 예건후는 발을 구르면서 한 대 때릴 것처럼 으르딱딱거렸다.

은조가 탁자 아래에서 손을 뻗어 쾌도비의 허벅지를 가만히 만졌다.

[여보.]

'꿍!'

그 순간 은조만 아니었으면 쾌도비는 예건후의 뻔뻔한 얼굴에 일장을 갈기려고 했었다.

슥—

쾌도비가 예정을 쳐다보자 장내에는 조용한 중에 팽팽한 긴장이 흘렀다.

"미안해, 누나."

누구인지는 모르지만 가느다란 한숨 소리가 들렸다.

"저는……."

쾌도비의 사과에 예정은 당황해서 어쩔 줄 몰랐다.

"동생이다. 편하게 대해라."

예건후가 조용히 일러주자 예정은 그를 하얗게 흘기며 볼멘 소리를 냈다.

"아버님은 너무 뻔뻔해요."

그때 미령이 불쑥 말했다.

"여자는 뻔뻔한 남자를 좋아해요."

모두 자신을 쳐다보자 미령은 얼굴이 빨개져서 급히 고개를 숙이고 옷자락을 만지작거렸다.

쾌도비의 허벅지에 가만히 얹혀 있는 은조의 손에 은근히 힘이 가해졌다.

예정에게 한 번 더 기회를 주라는 뜻이고 쾌도비는 그것을
알아차렸다.

"내 이름은 쾌도비야. 이름을 불러봐, 누나."

한 번 트인 말문은 뻔뻔스럽게 술술 잘 나왔다. 미령이 방
금 말했던 '뻔뻔한 남자'가 누군지 알 수 있다.

예정은 극도로 긴장해서 쾌도비를 응시했다. 너무 긴장해
서 입안이 바싹 말랐으며 몸까지 가늘게 떨렸다.

그녀가 쾌도비의 이름을 부르기만 하면 모든 것이 원만하
게 해결될 것 같은 분위기였다.

부친에 대한 원망도, 쾌도비가 품고 있는 묵은 원한도 그녀
의 말 한마디에 깡그리 사라져 버릴 것만 같았다. 그만큼 예
정의 책임이 컸다.

모두들 주시하고 있는 가운데 예정은 두 주먹을 꼭 쥐고 쾌
도비를 바라보다가 힘겹게 입을 열었다.

"도… 도비……."

"제대로."

"도비야."

"불렀으면 뭐라고 말을 해야지."

예정은 너무 용을 써서 얼굴이 빨개졌으나 알 수 없는 기쁨
으로 가슴이 터질 것 같았다.

"밥 먹자, 도비야."

얼떨결에 그렇게 말해놓고 예정은 첫마디치고는 이상해서 얼굴을 붉혔다.

쾌도비는 예건후를 한 대 때렸을 때보다 가슴속이 더 후련해져서 빙그레 미소 지었다.

"술도 마셔야지."

"그, 그래 술도 마시자."

쾌도비를 꽁꽁 둘러쌌던 단단한 껍질이 금이 가고 깨져 나가기 시작했다.

한겨울 내내 꽁꽁 얼었던 얼음도 봄이 오면 녹게 마련이고, 봄이 무르익으면 얼음은 남지 않는다.

쾌도비와 예정의 극적인 타협으로 봄이 찾아와 얼음이 녹고 화기애애한 분위기가 되었다.

예건후는 자신을 죽이려고 했었던 아들에게 용서를 받은 데다가, 그가 직접 집까지 찾아와 주어서 뭐라고 표현할 수 없을 정도로 기뻤다.

더구나 자신의 못난 과거를 쾌도비와 예정 남매끼리 이해하고 덮어주어서 눈물이 날 만큼 고마웠다. 어긋났던 모든 것이 이제야 바로 잡아진 것이다.

예정과 예림, 정호는 한눈에 보기에도 훌륭한 청년인 쾌도비를 남동생과 형, 처남으로 맞이하게 되어 진심으로 기쁘고도 든든했다.

쾌도비는 뭐라고 말로 설명할 수 없을 정도로 기분이 이상 야릇했다.

예건후라는 존재는 아직 아버지로서 쾌도비의 마음에 썩 와 닿지는 않았지만, 예정과 예림은 뭔가 달랐다.

아까 예정과 극적으로 타결을 보기 전까지는 그저 낯선 한 여자와 사내아이였을 뿐이다.

그런데 그 이후 몇 마디 대화를 나누는 과정에 그들이 급속 도로 가깝게 여겨졌다.

마치 서로 가까워지기를 기다리고 있었던 것 같았다. 그렇 다. 오랜 세월 동안 목 메이게 기다리고 있었던 것처럼 말문 이 트이고 서로를 바라보기만 해도 절로 미소가 머금어졌으 며, 그렇게 사랑스러울 수가 없다.

쾌도비에게 이런 경험은 난생처음이다. 아무리 가까운 사 람이라고 해도 가까워지기까지의 과정은 매우 험난했었고 또 한 긴 시간이 필요했었다.

주소옥이나 은조, 위걸 등 그와 가까워진 모든 사람이 그랬 었다.

첫 만남과 경계, 다툼, 대화 따위를 지속하면서 지금의 측 근이며 가까운 사람이 되었다.

그렇지만 예정과 예림은 아니다. 아니, 예정의 남편이라는 이유로 정호까지도 단번에 가까워졌다.

　주소옥이나 은조 등과 겪었던 과정이 필요 없이 다 생략되고 마치 물과 물이 서로 합쳐지듯이, 그렇게 합쳐져서는 어느 물이 내 것이었고 어느 물이 네 것이었는지 구별할 수 없게 돼버렸다.

　'이런 것이 핏줄인가……'

　그래서 쾌도비는 모친 이외에 난생처음 느끼는 묘하고도 끈끈한 친밀감과 결속력이 예정과 예림이 한 핏줄이기 때문일 것이라고 생각했다.

　"그런데 도비 형님은 뭐하는 사람이에요?"

　예건후 옆에 앉아 있는 예림이 눈을 초롱초롱 빛내면서 쾌도비를 바라보며 물었다.

　"이리 와라."

　쾌도비가 부르자 예림은 쪼르르 다가와서 그와 은조 사이에 끼어 앉았다.

　"몇 살이냐?"

　"열한 살이에요."

　쾌도비가 머리를 쓰다듬으면서 묻자 예림은 수줍은 듯 그러면서도 또랑또랑하게 대답했다.

　예림은 쾌도비에게 뭐 하는 사람이냐고 물어놓고는 곁눈질로 자꾸 은조를 힐끗거리며 얼굴을 붉혔다.

은조는 방그레 미소를 지으면서 고개를 숙여 예림을 굽어 보며 물었다.

"도련님, 왜 그러세요?"

예림은 깜짝 놀라더니 얼굴이 빨개져서 은조를 조심스럽게 바라보며 물었다.

"왜 저를 도련님이라고 부르세요? 소저는 혹시 도비 형님의 부인인가요?"

그의 당돌한 물음에 은조뿐만 아니라 쾌도비마저도 조금 당황했다.

그러면서도 쾌도비를 비롯하여 여의삼령과 모두들 은조를 주시하면서 그녀가 뭐라고 대답을 할지 기다렸다.

은조는 얼굴이 확 붉어졌으나 침착함을 되찾고 봄바람처럼 싱그러운 목소리로 대답했다.

"아직 혼인은 하지 않았지만 저는 이분의 아내예요."

쾌도비는 그녀의 대답이 흐뭇하여 저절로 입가에 엷은 미소가 피어났다.

예건후도 흡족한 미소를 지으며 고개를 끄떡였고, 예정과 정호는 정말 잘 어울리는 한 쌍의 용봉이라는 듯 쾌도비와 은조를 바라보았다.

"그럼 제가 형수님이라고 불러야 하나요?"

예림의 당돌한 질문이 이어졌다.

은조는 방그레 미소 지었다.

"그러세요, 도련님."

예림은 갑자기 두 손으로 눈을 가리며 얼굴을 돌렸다. 갑자기 눈을 벌에 쏘인 듯한 행동이다.

"왜 그러세요?"

"형수님이… 너무 아름다워서 눈이 부셔요."

"어머……."

예림의 솔직한 대답에 은조는 얼굴이 빨개졌고 다들 큰 소리로 웃음을 터뜨렸다.

예림의 질문이 이번에는 쾌도비에게 향했다.

"형님, 형수님은 이렇게 아름다우시니까 필경 무명소졸은 아니시겠지요?"

"그거야……."

쾌도비는 어떻게 대답을 해줘야 할지 잠시 생각했다.

"림아."

"네, 아버님."

그때 맞은편의 예건후가 넌지시 예림을 불렀다.

"너는 혹시 당금 천하에서 누가 가장 아름다운 여자인지 알고 있느냐?"

예림은 눈을 빛냈다.

"그건 저보다도 어린 아이들까지 다 알고 있는 걸요?"

"그래, 누구냐?"

예림은 허리를 꼿꼿하게 세우고 왼팔과 오른팔을 차례로 들면서 대답했다.

"천하의 북쪽에는 천상의 선녀보다 고결하고 우아하다는 미녀 북여의가 있고요, 남쪽에는 양귀비와 서시를 능가하는 절색미녀 남자봉이 있지요."

예건후는 조금 짓궂은 질문을 했다.

"그렇다면 너는 북여의와 남자봉 중에서 누가 더 아름답다고 생각하느냐?"

"그건……."

예림이 고개를 모로 꼬면서 진지한 고민에 빠지는 것을 보면서 쾌도비와 여의삼령은 흥미롭다는 표정을 지었으며 당사자인 은조는 괜히 초조해졌다.

"제 생각에는 북여의가 더 아름다울 것 같아요."

예림의 대답에 은조의 얼굴이 조금 환해지는 것을 발견하고 쾌도비는 그녀도 영락없는 여자라는 생각이 들었다.

"어째서 그렇게 생각하느냐?"

"양귀비와 서시를 능가하는 남자봉보다는 천상의 선녀보다 고결하다는 북여의가 더 아름답지 않겠어요?"

예건후의 물음에 예림은 물음으로 대답했다.

"하하하! 그렇구나!"

예건후는 호탕한 웃음을 터뜨리고 나서 빙그레 미소 지으며 은조를 바라보았다.

"림아, 네 형수가 바로 북여의다."

"……."

예림은 놀라지도 않고 눈을 깜빡거리면서 은조를 바라보았다. 놀라움의 한계를 초월했기 때문이다.

장내에 고요한 침묵이 흘렀다. 예정과 정호는 대경실색한 표정으로 은조를 쳐다보았고, 예림은 서서히 경악이 밀려들어 자리에서 일어나며 두 눈을 동그랗게 떴다.

"혀… 형수님께서 북여의라고요?"

"그렇단다, 림아."

예건후가 대답했지만 예림은 쾌도비에게 다시 확인했다.

"정말입니까, 형님?"

쾌도비는 빙그레 미소 지었다.

"그래."

천하에서 가장 아름답다는 은조 스스로 자신은 쾌도비의 아내라고 말한 것이 그는 매우 흐뭇했다.

예전에는 이런 기분을 맛본 적이 없었다. 그런데 가족들에게 자신의 아내가 이처럼 아름답고 현숙하다는 사실을 선보이는 일이 이처럼 뿌듯할 줄은 미처 몰랐었다.

그래서 그는 지금 모든 게 다 좋았다. 이 시간만큼은 우령

의 죽음도, 요령이 생사기로를 헤매고 있는 것도 잠시 잊을
수 있다.

"와아… 형님이 북여의의 남편이라니……."

예림의 감탄에 쾌도비는 어린아이처럼 마냥 어깨가 으쓱
거려졌다.

"천하의 모든 사람이 형님을 부러워할 거예요."

"모든 남자다."

예림의 말을 정호가 부러움이 가득한 표정으로 정정해 주
자 예정이 풋! 하고 웃었다.

이번에는 예정이 쾌도비에게 물었다.

"저렇게 굉장한 부인을 얻다니, 도비 너는 도대체 어떤 사
람인 거니?"

"아… 나는……."

쾌도비가 뭐라고 대답해야 하는지 머쓱한 표정을 짓자 이
번에도 예건후가 말을 가로챘다.

"여보게, 사위."

"네, 아버님."

그의 화살이 사위 정호에게 날아갔다.

"요즘 거리에서 최고의 화제가 무엇인가?"

"그야 당연히 무황천신의 죽음과 팔신궁의 멸문입니다. 거
리의 모든 사람이 얼굴을 맞대기만 하면 그 얘기를 하느라 정

신이 없습니다."

예건후는 짐작했다는 듯 고개를 끄떡이고 나서 물었다.

"흠! 무황천신을 죽이고 팔신궁을 멸문시킨 것이 누구라고 하던가?"

"당금 강호의 최고 영웅인 무정도입니다."

예건후는 길게 설명하지 않고 바로 쾌도비를 지목했다.

"자네 처남이 바로 그라네."

"네?"

정호뿐만 아니라 예정과 예림도 예건후가 손가락으로 가리킨 쾌도비를 쳐다보았다. 그리고는 그의 말을 이해하려고 노력했다.

무정도라는 별호는 워낙 유명해서 굳이 강호인이 아니더라도 그리고 남녀노소 상관없이 모두 잘 알고 있다.

"도비가?"

"처남이?"

"형님이?"

그리고 잠시 후 세 사람은 똑같이 여출일구(如出一口) 경악의 탄성을 터뜨렸다.

"와아악!"

第八十二章

아가사창(我歌査唱)

——내가 부를 노래를 사돈이 부른다

쾌도비와 은조가 무정도와 북여의고, 선령과 아령, 미령이
그 유명한 여의루의 여의사령 중에 삼령이라는 사실이 알려
지면서 한바탕 난리가 벌어졌다.

예정과 예림, 정호는 혼이 달아날 정도로 경악했으며 놀라
움과 홍분을 가라앉히는 데 꽤 오랜 시간이 걸렸다.

그런 후에 모두들 다시 가족으로 돌아와 화기애애한 시간
을 보냈다.

"내 집에서는 천하나 강호에 대한 얘기는 하지 마라."

예건후가 그렇게 못을 박지 않았더라도 쾌도비나 은조는

가족들 앞에서 그런 얘기를 할 생각이 없었다. 가족들을 그런 살벌한 세상으로 끌어들이고 싶지 않기 때문이고, 혹여 이들에게 불똥이 튈지도 모르기 때문이다. 이들은 그저 소중한 가족일 뿐이다.

"형님, 자고 갈 거예요?"

예림의 물음에 쾌도비는 어떻게 할 것이냐는 듯 은조를 쳐다보았다.

은조는 예림의 머리를 부드럽게 쓰다듬었다.

"도련님은 어떻게 했으면 좋겠어요?"

예림은 응석을 부렸다.

"자고 가세요, 형수님."

예림의 부탁에 예정과 정호, 예건후도 입을 모아 그러라고 거들었다.

"깨끗하고 좋은 방에서 둘이 함께 자고 가요."

예정은 쾌도비와 은조가 부부나 다름이 없으니까 당연히 한 방에서 잘 것이라고 생각했다.

그 말에 쾌도비는 어색한 표정을 지었고 은조는 부끄러움에 얼굴이 빨개져서 고개를 숙였다. 그렇지만 두 사람이 아직 부부관계를 치르지 않았다는 사실을 모르는 예정 등은 대수롭지 않게 생각했다.

술잔이 계속 돌아갔다. 어린 예림을 제외한 모든 사람은 너

무 기쁘고 행복한 나머지 술이 물처럼 여겨져서 마시고 또 마
셔도 취하지 않는 것 같았다. 예건후의 집안에서 이처럼 활기
찬 목소리와 웃음소리가 터져 나오는 것은 처음 있는 일이다.

"그런데 처남."

어렵사리 쾌도비에게 말을 놓게 된 정호가 꽤 취기가 오른
얼큰한 얼굴로 쾌도비를 불렀다.

"처남은 흑창사비 용연풍과 무황천신 담중부를 죽여서 강
호 최초로 두 명의 육비를 죽인 인물이 되었네."

"그렇군요."

쾌도비는 거기까지는 생각한 적이 없었다. 그러고 보니까
정말 그는 강호육비가 생긴 이래 육비를 두 명 죽인 최초의
인물이 된 것이다.

"강호육비가 도대체 얼마나 고강하던가?"

정호로서는 강호육비가 하늘 위의 하늘, 즉 천상천(天上天)
같은 존재로만 여겨졌었다.

쾌도비는 어떻게 설명해야 할지 몰라서 곤란한 표정을 지
으며 도움을 청하듯 은조를 쳐다보았다.

과연 은조는 걸어 다니는 서고(書庫)라는 찬사가 무색할 정
도로 막힘이 없다.

"언젠가부터 강호에는 강호십팔급(江湖十八級)이라는 말이
나돌기 시작했는데, 그것은 강호인들을 십팔 등급으로 나누

는 것을 말해요."

"그럼 나 같은 부류는 최하인 십팔급이오?"

정호가 머쓱하게 자신을 가리켰다.

"백 명에서 이백 명까지의 문하제자나 수하를 보유한 방파 혹은 문파의 무사를 십팔급으로 분류해요."

정호는 씁쓸한 표정을 지었다.

"내가 사범으로 있었던 승영문은 제자가 칠십여 명이니 그렇다면 나는 십팔급에도 들지 못하는군."

"삼백 명 이상을 보유한 방파나 문파의 수장이 십이급이고, 대방파의 중진은 구급, 수장이 팔급, 구파일방의 장로는 칠급, 장문인은 육급에 속해요."

정호는 놀라서 눈을 휘둥그렇게 떴다.

"구파일방의 장문인이 겨우 육급이라니, 그렇다면 도대체 그 위의 급은 어떤 인물이라는 말이오?"

"사신의 수장과 육비가 오급이고 구파일방의 전대 장문인이 사급, 사신의 전대 수장이 삼급이에요."

정호는 기가 막힌다는 표정이다.

"사신의 수장과 육비가 기껏 오급이라니……."

궁금증을 풀려고 했던 정호는 오히려 궁금증이 더 증폭되어 계속 물었다.

"하면 이급과 일급은 누구요?"

"일환우이무적(一寰宇二無敵)이에요."

"일환우이무적……."

정호는 이가 시린 듯 중얼거릴 뿐 다음 말을 잇지 못했다. 바야흐로 일환우이무적은 강호의 전설이며 신화로써 인구에 회자되는 인물들이기 때문이다.

은조는 희고 긴 손가락 하나를 세우며 깔끔하게 설명을 마쳤다.

"환우천제(寰宇天帝)가 일급이고 동서무적(東西無敵)이 이급이에요."

쾌도비는 강호십팔급에 대해서는 처음 들었으나 일환우이무적은 귀가 따갑도록 들어왔었다.

강호가 시작된 이후부터 종말을 고할 때까지 영원히 영세제일인(永世第一人)으로 남을 절대고수가 환우천제이고, 모습만 드러낸다면 언제라도 천하제일인이 될 수 있다는 초절고수가 동서무적, 즉 동방무적(東方無敵) 백도절(白刀絶)과 서방무적(西方無敵) 파천검(破天劍)이다.

환우천제와 동서무적이 부딪쳐서 자웅을 결하여 순위가 결정된 것이 아니었다.

풍문에 의하면 일환우이무적은 서로 간에 한 번도 만난 적이 없다고 한다.

다만 남겨진 기록과 소문 등을 취합하여 환우천제가 일급이고 동서무적이 이급이라고 정했을 뿐이지 그들 세 명에게 강호십팔급의 급수 따윈 하등의 의미가 없다.

"일환우이무적이라면 강호십팔급의 일급과 이급이 되고도 남을 인물들이지."

예건후가 마지막 정리를 해주었다.

은조는 쾌도비를 보면서 자랑스러운 듯한 미소를 지었다.

"쾌 랑은 흑창사비와 무황천신을 죽여 쌍비(雙秘)가 되셨으니까 강호십팔급의 사급이라고 할 수 있을 거예요."

사급이면 구파일방의 전대 장문인 수준으로 강호를 통틀어서 네 명 정도가 남아 있을 뿐이다.

"자네 정말 굉장하군."

정호의 감탄에 쾌도비는 머쓱한 표정을 지었다.

"운이 좋았던 것이오."

은조는 너무 긴장해서 술을 많이 마셨는 데도 불구하고 별로 취하지도 않았다.

오늘 밤에 이곳 유정거에서 자고 갈 것이며 쾌도비와 한 방에서 잔다는 사실 때문에 많이 긴장한 탓이다. 오늘 밤 마침내 그의 여자가 되는 것이다.

반면에 쾌도비는 꽤 많이 취한 듯 걸음조차 제대로 걷지 못해서 미령의 부축을 받아 방까지 가야만 했다.

그러나 사실 그는 그 정도로 많이 취하지는 않았다. 그 역시 은조하고 한 방에서 자는 것이 긴장이 되어 시간을 벌려고 취한 척한 것이다.

그래서 은조는 먼저 방으로 보냈고 그는 뒤처져서 이 궁리 저 궁리를 하고 있다.

그렇다고 은조하고 첫날밤을 보내고 싶지 않은 것이 아니다. 언젠가는 치러야 할 날이 오늘 밤이 된 것이고 반드시 거쳐야만 하는 관문이다.

"왜 그래요? 많이 취했어요?"

부축하고 있는 미령은 그의 걸음이 갈수록 느려지자 걱정스러운 표정을 지었다.

"그게 아니다."

눈치 빠른 미령은 그의 표정을 살피고는 무엇 때문에 그러는지 짐작했다.

"소루주하고는 처음이죠?"

은조의 곁에서 그림자처럼 붙어 있는 미령이 그걸 모를 리 없지만 다시 한 번 확인하려고 물었다.

"그래."

"설마… 소루주가 싫어요?"

쾌도비가 같은 호색한이 은조처럼 아름다운 여자와 늘 붙어 지내면서 지금까지 내버려 두고 있었다는 사실이 믿어지지 않아서다.

쾌도비는 걸음을 멈추고 미령을 보며 말도 안 된다는 표정을 지었다.

"그럴 리가 있겠느냐?"

"그럼 무슨 문제라도 있는 건가요?"

미령은 궁금한 표정이다.

"그게 아니라……."

쾌도비는 심각한 표정을 지었다.

"조아가 무섭다."

"네?"

미령으로서는 전혀 예상하지 못했던 대답이라서 어이없는 표정을 지었다.

"아니… 무섭다기보다는 어려운 상대야."

미령은 고개를 갸웃거렸다.

"평소에 쾌 랑이 소루주를 대하는 것을 보면 전혀 그렇지 않은 것 같던데……."

평소에 은조는 그를 '여보'라 부르고 스스로를 '천첩'이라 지칭한다.

그것은 이미 오랫동안 혼인 생활을 한 부부의 호칭이거늘 아직 정사도 하지 않았다 그리고 그녀가 무섭다고 하니 말이 되지 않았다.

"평소에는 그렇지. 하지만 그녀하고 같이 자야 하는 것은 전혀 다른 문제다."

미령은 눈을 동그랗게 뜨고는 호기심어린 표정을 지었다.

"저하고 할 때도 그랬어요?"

쾌도비는 미령의 둔부를 쓰다듬었다.

"아니. 너는 편하지."

미령은 알 것 같다는 미소를 지었다.

"그렇군요. 하긴, 소루주에겐 감히 범접하기 어려운 신위(神威) 같은 것이 있으니까요."

"그게 아니다."

"에? 그럼 뭐죠?"

쾌도비는 얘기가 길어질 것 같아서 미령을 데리고 전각 밖으로 나가 한적한 뒤쪽으로 돌아가 잠시 망설이다가 솔직하게 말했다.

"사실… 나는 조아가 여자로 여겨지지 않는다."

"설마……."

미령은 어이없다는 표정으로 그를 바라보았다.

"저도… 천첩도 그랬어요?"

처음에 은조가 자신을 천첩이라고 하니까 그다음엔 우령이 따라서 그러더니 이제는 미령까지 자연스럽게 자신을 천첩이라고 한다.

"아니다. 너는 여자로 보인다."

미령은 만족한 듯한 미소를 짓고 나서 차근차근 설명을 하며 쾌도비를 설득했다.

"천첩은 소루주보다 세 살이나 어려요. 그만큼 천첩이 덜 영글었다는 것이고, 반면에 소루주는 무르익은 여체를 지니고 있다는 뜻이에요. 소루주 목욕하시는 것을 보면 여자인 천첩도 반할 정도예요. 정말 굉장해요. 그녀의 몸을 만지는 것만으로도 황홀할 것 같았어요. 그런데도 소루주가 여자로 보이지 않다니 이상하군요."

쾌도비는 절레절레 고개를 흔들었다.

"그런 문제가 아니다."

"그럼 뭐죠?"

"그녀는 모든 것이 나보다 월등해서 나 자신이 자꾸만 작고 초라하게만 여겨진다. 이것은 마치 제자가 사부와 동침하는 것 같은 기분이야."

"흠. 그럴 만도 해요. 소루주께선 모든 면에서 워낙 완벽하시니까요."

미령은 수긍한다는 듯 가만히 고개를 끄떡이고는 잠시 곰곰이 생각하다가 어쩔 수 없다는 듯 어깨를 으쓱해 보였다.

"소루주를 천첩이라고 생각해 보세요."

"조아를 너로 생각하라고?"

"네, 그리고 천첩한테 하듯이 함부로 막 대해보세요."

"내가 너에게 함부로 대했느냐?"

"게다가 뻔뻔스럽구요."

쾌도비는 씁쓸한 미소를 지었다.

"음."

"하지만 천첩은 그게 좋았어요. 쾌 랑이 소루주를 함부로 막 대하다 보면 그녀에 대한 강박관념 같은 것이 없어질지도 몰라요."

"음. 함부로 막 대하라……."

미령은 아미를 살짝 찌푸렸다.

"천첩이 두 분의 방문 밖에서 호위를 하면 쾌 랑에게 이것저것 조언을 해줄 수 있어서 좋을 텐데 오늘은 셋째 언니 차례예요."

그녀는 이제 겨우 여자가 된 주제에 쾌도비를 가르치려고 들었다.

그녀는 벽을 등지고 선 쾌도비의 몸이 약간 흔들거리는 것을 보고 염려스러운 표정을 지었다.

"당신 많이 취한 것 같아요."

"음. 취하긴 했지만 그걸 못할 정도는 아냐. 문제는 조아 앞에서는 주눅이 든다는 사실이지."

쾌도비가 고민하는 것을 보고 미령은 다짜고짜 그의 바지를 벗기고 그 아래 무릎을 꿇고 앉았다.

"너 뭐하는 것이냐?"

"가만히 계세요. 칼을 갈아드릴게요."

한참 후에 그녀는 손등으로 번들거리는 입을 닦으면서 일어나 그의 바지를 올려주면서 당부했다.

"이대로 곧장 가세요."

"소루주, 쾌 소협 오셨습니다."

쾌도비가 문 앞에 이르자 지키고 서 있던 아령이 실내의 은조에게 공손히 아뢰었다.

그러다가 그녀는 쾌도비의 아랫도리가 옷을 찢을 것처럼 매우 불룩한 것을 보고는 깜짝 놀라는 표정을 지으며 얼굴을 살짝 붉혔다.

아령이 자신의 하체를 보며 짐승을 보는 듯한 표정을 짓는 것을 보고, 쾌도비는 문득 지난 날 자신이 벌거벗은 채 호연의 방에서 나왔을 때 우령의 반응이 지금 아령과 똑같았다는 생각이 들었다.

그때 그는 치부를 들켰다는 수치심에서 다짜고짜 우령의 바지 속으로 손을 넣어 그녀의 순결을 파괴하는 객기를 부렸었다.

그리고는 은조가 기다리고 있는 방으로 벌거벗은 채 들어갔었는데 그의 것이 한껏 발기하고 있었다. 우령에게 심한 짓을 했었기 때문이다.

그때 쾌도비는 억하심정이 발동하여 은조를 거의 함락시킬 뻔했었으나 지금 생각해도 그런 식으로 그녀를 대한 것은 잘못이었다.

자신을 짐승처럼 취급하는 아령을 보는 그의 눈빛이 야릇하게 번들거렸다.

그녀를 이용해서 흥분을 고조시키려는 못된 생각이 또다시 순간적으로 든 것이다.

방문 밖에서 흥분을 최고조로 만들었다가 즉시 들어가서 은조를 공략한다는 단순한 생각이다.

슥—

그는 아령에게 가까이 바싹 다가들어 다짜고짜 술 냄새를 풍기는 두툼한 입술로 그녀의 입술을 덮어버렸다.

"읍……."

은조와 정상적으로 합체하기 위해서 아령을 잠시 도구로 사용하는 것인데 그것에 대해서는 조금도 죄의식을 느끼지 못했다. 어쨌든 모로 가도 목적지까지만 가면 된다는 우직한 생각이다.

힘차게 혀를 빨아들이자 대경실색한 아령의 눈이 커다랗게 떠질 때 그녀를 더욱 바싹 끌어안고 한 손은 상의 옷 속으로 넣어 젖가슴을 터질 듯이 움켜잡고, 다른 손은 바쁘게 둔부 쪽 바지와 속곳 속으로 집어넣어 포동포동하고 따스한 계곡 깊은 곳을 마구 헤집었다.

"음⋯⋯."

아령이 그의 품속에서 몸부림치며 두 손으로 가슴을 힘껏 떠밀었으나 그럴수록 그는 더욱 흥분하여 집요하게 그녀를 짓밟으며 급히 전음을 보냈다.

[아령, 좀 도와줘라. 나는 어떻게든 조아하고 자야 한다는 말이다.]

순간 놀란 아령의 동작이 뚝 멈춰지자 그는 우두커니 서 있는 그녀를 마음껏 농락하고는 이윽고 문을 열고 실내로 성큼 들어섰다.

그의 바람대로 현재 흥분은 최고조에 달했다. 음경이 바지를 찢고 튀어나올 지경이다.

털썩!

그가 문을 닫을 때 문 밖에서 아령이 바닥에 주저앉는 듯한 소리가 들렸으나 그대로 걸음을 옮겨 침상가에 다소곳이 서 있는 은조에게 성큼성큼 걸어갔다.

그가 보기에 은조는 몹시 긴장한 모습이 역력했으나 그냥 무시해 버렸다.

"조아, 옷을 벗겨다오."

"네?"

"못 들었느냐? 내 옷을 다 벗겨라."

미령이 충고한 대로 은조를 함부로 다루는 것인데 지나칠
정도로 오만불손했다.

은조는 쾌도비의 이런 모습을 처음 보는 터라 해연히 놀란
얼굴로 그를 바라보다가 이윽고 조심스럽게 그의 옷을 하나
씩 벗기기 시작하는데 손이 가늘게 떨리고 얼굴이 붉게 물들
었다.

"흠!"

쾌도비는 우뚝 선 채 몸을 내맡기고는 그녀의 동작을 지켜
보았다.

과연 미령의 조언은 효과가 있는 것 같았다. 쾌도비 자신이
마치 주인이 된 양 은조에게 함부로 대하니까 미령의 노력과
아령을 짓밟으면서 일으켜진 흥분이 아직 가시지 않고 남아
있었다.

스륵…….

이윽고 옷을 다 벗기고 속곳만 남게 되자 은조는 당황하여
손을 떼고 어쩔 줄을 몰랐다.

음경이 커다랗게 발기하여 속곳을 찢을 것 같은 상태라서
그녀는 감히 손을 대지 못하고 머뭇거렸다.

"뭘 하느냐? 어서 벗겨라."

쾌도비의 호통에 깜짝 놀란 은조가 급히 속곳을 벗기자 괴물 같은 물체가 퉁 튀어나왔다.

"아……."

쾌도비는 제삼의 다리를 흔들거리면서 두 손을 허리에 얹고 한껏 의기양양했다.

"만져 봐라."

"여보……."

"어서."

은조는 가늘게 떨리는 섬섬옥수를 뻗어 조심스럽게 음경을 어루만지듯 잡았다.

쾌도비는 그녀를 정복하려면 객기, 그것도 광적인 객기를 부리는 것밖에 방법이 없다고 생각했다.

그가 원하면 은조는 반항하지 않고 몸을 맡길 것이다. 문제는 그가 은조를 극복하는 것이다.

그는 자신의 음경을 두 손으로 조심스럽게 만지고 있는 은조를 보며 일부러 거친 목소리를 냈다.

"이제부터 이것은 네 것이다."

"……."

"알았느냐?"

"네."

"소중하게 다루어야 한다."

252 무정도

"네."

지금 상황에 하등의 도움이 되지 않는 쓸데없는 말을 했지만 은조는 거기에도 공손히 대답했다.

척!

그는 일부러 과장된 행동으로 침상에 네 활개를 펴고 벌렁 눕고는 명령했다.

"너도 옷을 다 벗고 올라와라."

이왕 내디딘 걸음이니 중도에서 멈출 수는 없다. 죽이 되든지 밥이 되든지 갈 데까지 가보는 것이다.

꿀꺽!

은조를 쳐다보던 쾌도비는 자신도 모르게 목젖을 크게 울리면서 침을 삼켰다.

옷을 다 벗은 상태로 침상 가에 두 손을 늘어뜨린 채 다소곳이 서 있는 은조의 늘씬한 나신은 쾌도비가 상상하던 것 이상이다.

마치 주소옥의 나신을 다시 보는 것 같았다. 아니, 주소옥하고는 완연하게 달랐다. 그저 완벽한 나신이라는 점에서 두 여자가 같을 뿐이다.

주소옥은 손가락만 대면 터질 듯이 탱탱한 나신었지만 은조의 나신은 손조차 대지 못할 것처럼 고결하고 차라리 신비스러웠다.

'이런……'

그때 우려하던 일이 결국 벌어지고 말았다. 일껏 살려놓았던 흥분이 은조의 나신을 보는 순간 경외심이 일어서 순식간에 사그라들었다.

그녀의 나신은 감히 쾌도비 따위가 손을 대거나 범접할 그무엇이 아니다.

그런 짓은 고결한 존엄에 대한 결례이고 성스러움에 대한 모욕이라는 생각이 골수에 치밀었다.

오늘 밤의 정사 따윈 머릿속에 들어 있지도 않았다. 멀뚱하게 그녀를 응시하고 있는 쾌도비는 자신이 무엇 때문에 이 자리에 있는 것인지조차도 망각해 버린 채 넋을 잃고 바라보기만 했다.

이런 상황에서는 미령의 조언 따위는 아무 소용이 없고, 이방에 들어서기 전에 아령을 욕보인 것 따위도 부질없는 짓이라고 여겨졌다.

"여보."

완전히 넋을 잃은 채 눈을 크게 뜨고 자신을 바라보기만 하는 쾌도비를 보며 은조가 부끄러움을 간신히 참으면서 조용히 불렀다.

"으… 응?"

"이제 천첩이 어떻게 하면 되나요?"

"그게……."

쾌도비는 머릿속이 하얘져서 아무것도 생각나지 않아 오히려 이제부터 어떻게 하면 좋겠느냐고 은조에게 물어보고 싶은 심정이다.

슥—

쾌도비가 대답을 하지 못하자 은조는 발광하는 것처럼 광채를 뿜어내는 나신을 그의 옆에 조심스럽게 누이면서 얼굴을 사르르 붉혔다.

"천첩은 이제부터 당신이 시키는 것을 다 해드릴 준비가 되었어요."

그때 쾌도비는 깨달았다. 은조에게는 미령이나 우령, 호연을 대할 때의 방법이 전혀 소용이 없다는 사실을. 은조는 그녀만의 방법으로 대해야만 하는 것이다.

그는 아랫배에 불끈 힘을 주고는 두 팔을 뻗어 그녀를 부드럽게 끌어안았다.

바야흐로 성신모욕(聖身侮辱)이 시작되었다.

*   *   *

낙양 천절문.

자정이 넘은 시각이지만 천절문에는 잠을 이루지 못하는 사람이 많았다.

그야말로 천절문을 발칵 뒤집어놓고도 남을 엄청난 비보가 오늘 저녁나절에 느닷없이 날아들었기 때문이다.

천절문주 천중검비 영호승의 누이동생인 영호빈과 삼 사제 백무평이 무정도에게 처참하게 죽음을 당했다는 믿어지지 않는 사실이었다.

무정도는 영호승의 정혼녀인 자봉공주를 운남성 곤명 남령부에서 낙양 천절문까지 수많은 역경을 헤치고 무사히 데려다준 은인이다.

그렇지만 무정도는 자봉공주를 영호승에게 넘겨주기 직전에 그의 사제인 흑창사비 용연풍을 죽였었다.

하지만 색마인 용연풍이 자봉공주를 겁탈하려고 했다는 사실과 무정도에게 입은 은혜도 있기에 영호승은 그 일을 유야무야로 넘어갔었다.

그런데 이번에는 영호승의 누이동생인 영호빈을 죽이고 또 사제 백무평까지도 죽였다는 것이다.

그 엄청난 사건은 무정도가 자봉공주를 천절문까지 무사히 데려다준 은혜를 모조리 상쇄시키고도 부족했다.

북경에서 천절문으로 날아온 전서구와 강호를 떠도는 소문에 의하면, 영호빈과 백무평이 무정도의 사람들, 더구나 죄

없는 청년과 소녀를 죽였으며, 소년 한 명을 납치하여 감금했기 때문에 그런 일이 벌어졌다고 했다.

하지만 영호승이나 대부분의 천절문 사람들은 원인이야 어쨌든지 간에 영호빈과 백무평이 죽었다는 사실만을 중요하게 받아들였다.

영호빈과 백무평의 가치가 이름도 모르는 청년이나 소녀 따위하고는 비교도 되지 않기 때문이다.

천절문의 장로들과 간부급들은 당장 무정도를 찾아내서 복수를 해야 한다고 아우성을 쳤으며, 영호승 역시 그래야 한다고 결정을 내린 상태다.

여기에 무정도가 영호빈과 백무평을 죽였다는 결과보다는 그 두 사람이 무정도가 아끼는 죄 없는 청년과 소녀를 죽이고 소년 한 명을 납치, 감금한 원인을 훨씬 더 중요하게 여기는 세 사람이 모여 있다.

바로 주소옥과 손효랑, 그리고 위융이다.

"아주머니, 이 일을 어떻게 하면 좋아요?"

주소옥은 벌써 그 말을 열 번도 넘게 하고 있다. 그녀는 손효랑과 무척 친해져서 아주머니라고 부르고 있다.

주소옥은 천절문이 쾌도비를 죽이겠다고 나설까 봐 걱정하고 있는 것이다.

그렇게 될 경우에 자신의 입장이 난처해지는 것 따위는 추호도 염려하지 않는다. 그녀가 걱정하는 것은 오로지 쾌도비의 안위뿐이다.

만약 그의 신변에 위험이 닥치면 주소옥은 살아나갈 자신이 없어진다. 아직도 쾌도비는 그녀의 모든 것이다.

"이건 우리가 나설 수 있는 문제가 아닌 것 같구나."

그동안 주소옥과 함께 지내면서 그녀를 딸처럼 여기게 된 손효랑은 어두운 얼굴로 중얼거렸다.

이곳은 주소옥의 방인데 무정도가 영호빈과 백무평을 죽였다는 소식이 전해진 저녁나절부터 손효랑과 위융은 이곳에서 고민을 하며 대화를 하고 있는 중이다.

"천절문은 함부로 도비를 어쩌지 못할 게다."

미간을 찌푸린 채 잠자코 있던 위융이 오랜만에 입을 열어 주소옥을 위로했다.

"무황천신을 죽이고 팔신궁을 멸문시킨 도비다. 그러니 천절문이 도비를 죽이겠다고 나서면 큰 희생을 치러야만 할 것이다."

무정도가 혼자서 무황천신을 죽이고 게다가 팔신궁의 잔당까지 몰살시켜서 팔신궁을 영원히 강호에서 사라지게 했다는 소문이 진동했을 때 손효랑과 위융은 경악을 금치 못했다.

무황천신을 죽인 것도 놀라운 일이지만, 일개인이 거대한 팔신궁을 전멸시키는 것은 황하가 거꾸로 역류하는 것만큼이나 불가능한 일이기 때문이다.

그런데 그 소문이 낙양을 진동시킨 지 겨우 이틀 만에 쾌도비가 저지른 또 다른 일이 낙양과 천절문을 뒤집어놓은 것이다.

"소옥아."

손효랑이 무슨 말을 하려고 입을 여는 것을 위융이 손을 들어서 제지하면서 차분하지만 진지한 표정으로 주소옥을 불렀다.

"네, 아저씨."

"너 아직도 도비를 사랑하느냐?"

뜬금없는 물음에 주소옥은 물론 손효랑마저도 적잖이 놀라서 위융을 쳐다보았다.

"이것은 매우 중요하니까 대답해라."

주소옥이 영호승과 혼인하려는 것은 순전히 남령부를 살리려는 것이 목적일 뿐이고, 그녀가 진정으로 사랑하는 사람은 쾌도비뿐이라는 사실은 손효랑과 위융이 그녀의 거처에 함께 머물면서 이미 알고 있는 얘기다.

그런데도 위융은 다시 확인하려고 들었다. 그만큼 이제부터 하려는 말이 중요하기 때문이다.

주소옥은 쾌도비를 떠올리는 것만으로 눈물이 날 것 같은 얼굴이 되었다.

"숨이 끊어질 만큼 그를 사랑해요."

이보다 더 분명한 대답은 없을 것이다. 위융은 알았다는 듯 고개를 끄떡였다.

"그건 왜 묻는 게요?"

주소옥을 가슴 아프게 하는 것이 못마땅한 손효랑이 핀잔을 주었으나 위융은 꿋꿋하게 자신의 할 일을 했다. 이번에 물을 사람은 손효랑이다.

"효랑, 이제 내가 묻는 말에 진지하게 잘 생각해 보고 대답했으면 좋겠어."

그는 이곳에서 오랫동안 함께 지내는 동안 손효랑하고도 많이 친해졌다.

과거 두 사람은 연인 관계였으나 일이 틀어져서 각각 다른 사람과 혼인을 했으나 지금은 둘 다 부인과 남편을 잃고 홀몸이다.

"뭐죠?"

손효랑은 평소와는 많이 다른 위융의 진지한 표정에 조금 긴장했다.

"효랑은 조아와 도비를 혼인시킬 생각이지?"

"당연하죠."

그 일에 대해서는 여러 번 들었던 얘기라서 주소옥도 알고 있으며 전적으로 찬성했었다.

또 그렇게 해야지만 쾌도비가 자신을 잊고 행복해질 수 있다고 믿기 때문이다.

"만약 소옥이 자유의 몸이 된다면, 그래서 도비하고 이어진다면 효랑은 어떻겠어?"

"……."

손효랑은 일순 움찔 놀라서 대답할 말이 생각나지 않아 멍하니 위융을 바라보기만 했다.

쾌도비처럼 훌륭하고 어디 한 군데 흠 잡을 데 없는 사내는 은조처럼 완벽한 여자하고 무조건 혼인해야 한다고 믿고 있는 그녀다.

또한 쾌도비가 자신의 사위가 되면 장차 여의루가 천하제일의 방파가 되는 것은 따놓은 당상이라고 생각하고 있는 그녀로서는 위융의 얘기가 너무 갑작스러웠다.

"소옥이 자유의 몸이 된다는 것은 무슨 소리예요?"

손효랑은 자신보다 더 놀라는 표정을 짓고 있는 주소옥을 보면서 물었다.

"험!"

위융은 주먹을 입에 대고 헛기침을 한 번 하고 나서 세 사람밖에 없는 실내를 괜히 두리번거렸다. 이제부터 할 얘기가 매우 중요하다는 뜻이다.

"내가 며칠 전에 문득 생각한 것이 있는데 두 사람이 한번 들어보라고."

그는 상체를 앞으로 숙이고 목소리를 한껏 낮추었다.

"소옥 너 영호승하고 혼인하려는 이유는 순전히 남령부를 구하려는 목적이지?"

다 알고 있는 것을 다시 한 번 확인했다.

"물론이에요."

"그렇다면 구태여 영호승하고 혼인할 필요가 없다."

목소리를 낮추었던 위융은 허리를 펴면서 다시 원래의 목소리를 되찾으며 당당한 표정을 지었다.

"그럼……."

"어떻게든 네가 강호와 연관이 되면 될 것 아니냐? 그러면 자금성이 너와 남령부를 건드리지 못하겠지."

"그야 그렇죠."

"그래서 말인데… 험!"

그가 또다시 헛기침을 하자 손효랑이 면박을 주었다.

"뜸은 그만 들이고 어서 말해봐요."

"음, 내가 소옥을 양딸로 맞이하는 것이오."

전혀 예상하지 못했던 말에 손효랑은 눈을 동그랗게 뜨면서 놀랐다.

그러나 뜻밖이라는 표정을 지을 뿐 놀라지 않는 주소옥을 보면서 위융이 뭔가 짐작하듯이 말했다.

　"소옥 너는 이런 방법을 생각했었구나?"

　"네."

　"그렇다면 왜 진즉 말해주지 않았느냐? 나는 머리가 나빠서 며칠 전에야 겨우 생각했거늘."

　주소옥은 머뭇거렸다.

　"너무 소녀의 욕심만 차리는 것 같아서……."

　그녀는 손효랑을 바라보았다.

　"더구나 아주머니께선 그이를 철석같이 사윗감으로 생각하시는데 만약 소녀가 자유의 몸이 된다면……."

　그러면 그녀와 쾌도비가 자연스럽게 이어질 테니까 은조는 헛물만 켜게 될 것이라는 뜻이다. 그래서 감히 위융에게 그런 말을 못했다는 게 그녀의 진심이다.

　"휴우… 너는 이다지도 착하다는 말이냐? 제 앞가림도 못하는 주제에 내 걱정까지 하다니……."

　손효랑은 한숨을 내쉬면서 주소옥의 등을 토닥거렸다.

　"내 생각은 이렇소. 소옥과 조아 둘이서 사이좋게 도비하고 사는 것이오. 그러면 아무 문제도 없소."

　"……."

　"……."

말인즉 주소옥과 은조가 함께 쾌도비와 혼인을 하라는 뜻
이다. 이것은 주소옥조차도 미처 상상하지 못했던 얘기라서
두 사람은 크게 놀랐다.

"내 생각이 어떻소? 이제 두 사람이 조금씩만 양보하면 될
것 같은데……."

손효랑은 쾌도비를 주소옥과 양분해서 차지하는 것이고,
주소옥 역시 그를 독차지하지 않고 은조와 함께 섬긴다는 얘
기다.

주소옥은 처연하게 그러나 어떤 간절한 희원이 어린 눈빛
으로 손효랑을 바라보았다.

"소녀는 이것저것 가릴 처지가 아니에요. 어떤 상황이든지
쾌 랑하고 한평생 함께 살 수만 있다면, 그리고 남령부도 무
사하다면 그 이상 바랄 게 없어요."

즉, 주소옥으로서는 오로지 손효랑의 선처와 자비만 바란
다는 뜻이다.

손효랑은 지금껏 주소옥과 함께 지내면서 자신의 딸 은조
만큼은 아니더라도 주소옥을 많이 좋아하게 되었다.

그래서 이런 딸이 하나 더 있었으면 좋겠다고 입버릇처럼
얘기하여 모두의 웃음을 사기도 했었다.

그렇지만 이것은 전혀 다른 문제로 은조의 앞날과 여의루
의 미래가 걸려 있다.

손효랑이 금세 대답하지 못하고 시간을 끌자 주소옥의 표정은 더욱 초조해졌다.

그런데다 위융이 아예 한술 더 떴다.

"효랑, 이 기회에 아예 소옥을 우리 두 사람의 딸로 삼는 건 어떤가?"

"그게 가능해요?"

손효랑이 뾰족하게 굴었다.

"암! 우리 둘이 혼인한다면 가능하지. 그래서 소옥처럼 예쁜 딸을 낳았다고 여기는 거지."

손효랑은 눈을 동그랗게 떴다가 주먹으로 위융의 가슴팍을 두드렸다.

"아유! 망측해요!"

위융과의 혼인은 그녀도 싫지 않은 표정이다.

*   *   *

언제나 맞이하는 아침이지만 오늘 아침은 여느 때하고는 전혀 다르다.

쾌도비는 뜨거운 목욕탕에 들어가 있다가 나온 것처럼 매우 상쾌한 기분으로 눈을 떴다.

슬며시 왼쪽을 돌아보니 은조가 그의 어깨를 베고 잠들어 있는데, 언제 어느 곳에서 봐도 그녀는 눈이 멀어버릴 것처럼 지독하게 아름다웠다. 보는 것만으로도 가슴이 더없이 상쾌해진다.

이토록 아름다운 여자가 이제 내 여자가 됐다는 생각에 마음이 뿌듯했다.

'호오! 속눈썹이 정말 길구나.'

그녀를 보면서 쾌도비는 사람의 속눈썹이 저렇게 길 수도 있구나, 하는 감탄이 저절로 터졌다. 사랑스러우니까 별것에 다 감탄을 하고 있다.

그런데 신기한 일이다. 어젯밤까지만 해도 그녀가 우러러보였는데 지금은 조금도 그렇지 않다.

아니, 우러러 보이면서도 예전의 두려움이나 거리감 같은 것은 깡그리 없어졌다.

뭐라고 설명할 수는 없지만 이렇게 대단한 여자가 내 여자가 됐다는 것만은 분명한 사실이다.

또한 그저 자신이 앞으로 죽을 때까지 보호해야 할 연약한 여자이며 그의 말에 무조건 순종적인 착한 여자라는 생각만 들었다.

그때 은조가 살며시 눈을 떴다. 지켜보던 쾌도비는 그녀가 눈을 뜨는 단순한 동작 하나에도 감탄을 금치 못해서 오금이 저릴 지경이다.

왜냐하면 속눈썹이 작게 물결치듯이 움직이면서 천천히 눈이 떠지며 무엇으로도 비교할 수 없을 정도로 맑고 커다란 눈동자가 밝게 빛나는 광경이 무슨 기적을 보는 것 같은 기분이 들었다.

더구나 그 시선이 다른 곳이 아닌 자신을 향하면 감동이 폭풍처럼 밀려들었다.

"잘 주무셨어요, 여보?"

지난밤의 격렬했던 일들을 떠올린 듯이 은조는 사르르 얼굴을 붉히고 부끄러워하며 속삭이면서 손으로 그의 가슴을 어루만졌다.

쾌도비는 갑자기 콧김을 세게 뿜어내며 그녀를 덮쳤다.

"한 번 더 하자."

"어머?"

너무나 예쁘고 사랑스러워서 가만히 있을 수가 없었다.

'도대체……'

문 밖의 아령은 질리는 듯한 표정을 지었다.

'몇 번을 하는 거야?'

지난밤에 그녀는 밤새도록 방 안에서 흘러나오는 거친 숨소리와 신음 소리를 들어야만 했었다.

그 일만 아니었더라도 이까짓 정사의 신음 소리를 듣는 것이 이처럼 힘들지는 않았을 텐데, 지난밤에 쾌도비가 느닷없이 짐승으로 돌변하여 그녀를 휩쓸고 간 덕분에 방 안에서 흘러나오는 온갖 소리를 귓등으로 흘려들을 수만은 없게 되었다.

'날도둑놈……!'

여의사령 중에서 가장 차갑고 잔인하기로 소문난, 그러면서도 넷 중에서 가장 예쁘다고 정평이 난 아령은 두 손으로 힘껏 귀를 막으면서 틀어막았다.

"아……."

쾌도비와 나란히 식사를 하러 가는 도중에 은조는 미약한 신음을 흘리며 걸음을 멈추었다.

뒤따르던 여의삼령의 미령은 은조의 걸음걸이가 불편하고 약간 어기적거리는 것을 보고 지난밤에 쾌도비가 그녀에게 무슨 짓을 했는지 즉시 알아차렸다.

은조의 제일, 제이, 그리고 제삼의 구멍이 모두 개통된 것이 분명했다. 그중에서도 제이의 구멍이 제일 아프고 후유증이 오래 간다.

당금 천하에는 남자든 여자든 동성애(同性愛)를 하는 사람이 지나칠 정도로 많다.

특히 남자들이 예쁘장한 같은 남자와 정사를 하는 일은 한 집 건너 한 집일 정도로 혼한 일이다.

문제는 남자와 정사를 하는 것을 싫어하는 남자들마저도 여자와 정사를 하면서 항문성교를 하는 것이 어느 누구 할 것 없이 보편화되었다는 현실이다.

하긴 작금의 현실은 그런 행위를 하지 않는 남자가 오히려 어디가 잘못된 병신이란 소리를 듣는 터라서 구태여 문제라고 할 것도 없다.

세상이 태평성세가 되면 성이 발전한다고 하더니 과연 틀린 말이 아니다.

그래서 남자든 여자든 그런 행위를 당연하게 받아들이는 세상이 되었다.

그것은 어제오늘의 일이 아니라 아마도 인간이 처음 출현한 이후 지금까지 이어져왔으며, 또 앞으로도 영원히 이어져 나갈 것이 분명하다.

미령은 쾌도비 바깥쪽으로 다가와서 나란히 걸으며 전음을 보냈다.

[잘됐어요?]

[오냐.]

쾌도비는 흡족하게 미소 지으면서 부지중 미령의 둔부를 툭툭 건드렸다.

뒤따르는 선령과 아령이 그 광경을 목격했다. 선령은 쾌도비가 막내인 미령이 귀여워서 그러려니 넘어갔지만, 어젯밤 지독한 일을 당했던 아령은 그것을 결코 심상하게 봐 넘기지 않았다.

'저 인간 혹시 미령한테도…….'

예건후와 예정, 예림, 정호도 어제와는 전혀 다른 새 아침을 맞이했다.

그들은 어젯밤에 술자리가 끝나고 잠자리에 누운 후에도 자신들에게 느닷없이 찾아온 이 경천동지할 일이 현실로 믿어지지가 않았다.

쾌도비가 자신을 찾아올 것이라고는 일 푼어치도 기대하지 않았던 예건후는 그저 한없이 기뻐서 쾌도비 특히 은조에게 무한한 고마움을 느꼈다.

은조가 아니었으면 쾌도비가 찾아오지 않았을 것이라는 사실을 짐작하기 때문이다.

아침에 일어나 다 함께 식탁에 둘러앉아서야 어제의 일이 절대로 꿈이 아니었다는 것이 확인되었다.

"쾌 형!"

좋은 분위기로 쾌도비 등이 한창 아침 식사를 하면서 즐겁게 대화를 하고 있을 때 느닷없이 밖에서 위걸 특유의 우렁우렁한 목소리가 들렸다.

위걸의 목소리를 듣는 순간 쾌도비는 불길한 예감에 휩싸였다. 급하고 중요한 일이 아니면 아침 댓바람부터 위걸이 여기까지 찾아올 이유가 없기 때문이다.

쾌도비가 급히 밖으로 달려나가자 은조와 여의삼령, 그리고 모두들 우르르 따라 나왔다.

과연 밖에 초조한 표정으로 서 있는 사람은 위걸이 맞았다. 천지쌍패와 함께 온 그는 쾌도비를 보자마자 다가와서 굳은 얼굴로 말했다.

"쾌 형, 이걸 기쁜 소식이라고 해야 할지 나쁜 일이라고 해야 할지 모르겠소."

"무슨 일이오, 위 형?"

"우령이 살아 있소."

"우령이? 그게 정말이오?"

쾌도비는 얼마나 놀랐는지 위걸의 양어깨를 잡고 거세게 흔들었다.

第八十三章

경천동지(驚天動地)
—하늘을 놀라게 하고 땅을 움직인다

쾌도비와 은조는 철황을 타고 서둘러서 북경으로 갔다.

사시(巳時:오전10시) 무렵인데도 자금성 앞에는 수백 명의 성민이 모여 있었다.

만일에 대비하여 평범한 옷차림을 하고 약간의 변장을 한 쾌도비와 은조는 성민들 속으로 파고들어 빠르게 앞쪽으로 향했다.

"아……."

앞쪽으로 다 나가기도 전에 은조가 나직한 탄성을 흘리면서 걸음을 멈추었다.

쾌도비의 손을 잡고 있는 그녀의 손에 잔뜩 힘이 들어갔으며 바르르 떨렸다.

그 순간에 쾌도비도 그녀가 보고 있는 광경을 같이 보고 있는 중이다.

수백 명의 성민이 모여 있는 바로 앞쪽은 폭이 십오 장에 깊이 삼 장여의 해자(垓字)인 호성하(護城河)의 깊은 물이 가로막혀 있어서 더 이상 나아갈 수가 없다.

호성하에는 세 개의 다리가 가로놓여 있지만 자금성의 금군(禁軍) 수백 명이 삼엄하게 지키고 있다.

호성하 너머는 폭 오십여 장의 아무것도 없는 청석이 깔린 드넓은 광장이며, 그 끝에 자금성의 전문인 거대한 오문(午門)이 버티고 있다.

오문은 굳게 닫혀 있으며 수백 명의 성민과 쾌도비, 은조의 시선은 오문 위쪽에 고정되어 있었다.

그곳에는 하나의 검은 기둥이 높이 솟아 있으며 그 중간에는 한 사람이 묶여 있었다.

'령아……'

그렇다. 기둥에 묶여 있는 사람은 다름 아닌 우령이었다. 녹평장에서 천절성군 영호태가 쾌도비를 향해서 발출한 무시무시한 검강을 대신 맞고 죽은 우령이 지금 오문 위 기둥에 칭칭 묶여 있는 것이다.

그녀가 입고 있는 옷은 녹평장에서 입고 있던 것이 아닌데 여기저기 찢어졌으며 피를 흘리고 있었다. 고문을 당한 흔적이 분명했다.

그리고 마구 헝클어진 긴 머리카락이 얼굴을 뒤덮었으며 고개를 푹 숙이고 있는 모습이다. 두 번 세 번 눈을 씻고 다시 살펴봐도 우령이 분명해서 쾌도비는 심장이 미친 듯이 두근거렸다.

쾌도비와 은조는 우령에게 시선을 고정시킨 상태에서 눈도 깜빡이지 않고 뚫어지게 주시했다.

위걸, 아니, 그에게 전서구를 날려서 보고한 북황고수의 말에 의하면, 이른 새벽부터 자금성 오문 위 기둥에 묶여 있는 우령이 살아 있다고 했었다.

그녀가 미미하게 꿈틀거리는 것을 북황고수가 두 눈으로 똑똑히 봤다는 것이다.

그런데 쾌도비와 은조가 아무리 뚫어지게 주시하고 있어도 우령은 꼼짝도 하지 않았다. 이래서는 그녀가 살았는지 죽었는지 알 수가 없다.

그런데 그때 기둥 옆에 서 있는 한 명의 동창고수가 긴 채찍으로 느닷없이 우령을 후려쳤다.

철썩!

채찍이 우령의 몸을 가격하는 소리가 쾌도비와 은조의 귀에 또렷하게 들렸다.

"아……."

그리고 두 사람은 흐릿한 신음 소리를 분명히 들었다. 뿐만 아니라 기둥에 묶여 있는 우령이 채찍을 맞는 순간 몸이 미미하게 꿈틀거렸다.

동창고수는 우령이 살아 있음을 확인시키기 위해서 이따금 채찍질을 하는 것이다.

'살아 있다!'

쾌도비는 하마터면 입 밖으로 고함을 지를 뻔한 걸 겨우 참고 은조를 쳐다보았다.

그녀도 우령이 살아 있다는 것을 알고 눈물을 글썽이면서 기쁜 얼굴로 마침 쾌도비를 쳐다보다가 두 사람의 시선이 마주쳤다.

'우령이 살아 있어요…….'

'그래.'

두 사람은 흔들리는 눈빛으로 마음을 주고받았다.

쾌도비는 다시 우령 쪽을 쳐다보면서 기둥 주위를 재빨리 살펴보았다.

오문 위에는 십여 명의 동창고수와 수십 명의 황군이 서 있을 뿐 별다른 것은 보이지 않았다.

쾌도비가 이대로 달려가서 우령을 구해 오는 일은 어렵지 않을 듯했다.

[함정이에요.]

은조는 쾌도비가 우령을 구하려고 한다는 마음을 읽고 그
의 손을 잡은 손에 힘을 주면서 전음을 보냈다.

쾌도비의 몸이 움찔거렸으며 발걸음이 앞으로 주춤거렸
다. 당장 튀어 나가고 싶은 것을 간신히 참고 있다는 것을 알
수 있다.

[여보, 다른 방법을 강구해 봐요. 정면으로 돌파하는 것은
불가능해요.]

쾌도비도 은조의 말에 동의했다. 자금성이 우령을 저처럼
허술하게 방치할 리가 없다.

은조는 두 다리에 뿌리를 내린 것처럼 움직이지 않으려는
쾌도비를 겨우 달래서 그곳을 벗어났다.

성민들이 구름처럼 모여 있는 자금성 앞에서 그리 멀지 않
은 주루 창가 자리에 쾌도비와 은조가 심각한 표정으로 마주
앉아 있다.

"쾌 랑께서 녹평장의 일을 방해한 것에 대한 자금성의 복
수인 것 같아요."

주문한 요리가 나왔으나 두 사람은 손도 대지 않고 심각한
표정만 짓고 있다.

은조는 창밖만 하염없이 내다보고 있는 쾌도비를 보며 차분한 목소리로 말을 이었다.

"자금성은 우령이 누군지 모르고 있어요."

쾌도비가 시선을 거두어 은조를 쳐다보았다.

"놈들이 령아를 고문했을 텐데?"

"여의사령은 죽으면 죽었지 아무것도 발설하지 않아요. 그건 확실해요."

쾌도비는 우령이 모진 고문을 당하면서도 한마디도 하지 않았을 것이라고 생각하니까 자신이 고문을 당하는 것보다도 견디기 어려웠다.

"놈들은 우령이 쾌 랑과 함께 있다가 중상을 입고 추락했기 때문에 그녀가 쾌 랑과 관계가 있을 것이라고 막연하게 짐작하고 있는 것뿐이에요."

쾌도비는 다시 시선을 창밖으로 주었다. 이곳에서는 우령이 보이지 않지만 그는 우령이 묶여 있는 방향을 하염없이 응시하고 있다.

"쾌 랑이 우령을 구하러 올 것이라고 예상하여 놈들은 만반의 준비를 해두었을 거예요."

"철황으로도 안 될까?"

쾌도비가 시선을 거두지 않고 말하자 은조는 어두운 표정을 지었다.

"놈들은 녹평장에서 철황을 봤잖아요. 그러니까 분명히 거기에 대한 대비도 해두었을 거예요."

"어떤 대비?"

"거대한 그물을 준비해 두었든가 아니면 수천 명의 궁수가 일제히 화살을 쏘아대면 아무리 철황이라고 해도 맥을 추지 못할 거예요."

"음……."

은조의 말이 맞다는 생각이 들어 쾌도비는 무거운 신음을 흘렸다.

그는 철황을 타고 우령을 구할 것이라고만 생각했었는데 이제는 방법이 없다.

"그렇다고 저대로 내버려 둘 수는 없잖은가? 령아는 중상을 입은 몸이야. 저놈들이 치료라도 제대로 해줬을 것 같아? 저 상태라면 오래 못 버텨."

은조는 섬섬옥수를 뻗어 쾌도비의 솥뚜껑처럼 커다란 손을 가만히 붙잡았다.

"여보, 좀 더 생각을 해봐요."

"무슨 생각!"

쾌도비는 갑자기 은조를 보면서 버럭 소리를 지르며 그녀의 손을 뿌리쳤다.

"령아가 저렇게 매달려 있는데 생각만 하다가 죽어버리면 어쩌란 말인가, 응?"

그가 소리를 지르는 바람에 은조가 놀라는 것은 차치하고라도 주루 내의 몇 안 되는 사람이 놀라서 이상한 표정으로 쳐다보며 수군거렸다.

쾌도비는 자신이 흥분하여 실수한 것을 깨달았으나 목소리만 조금 낮추었을 뿐 여전히 흥분을 가라앉히지 않고 자금성 쪽을 가리켰다.

"저놈들은 끝내 령아를 죽일 거야. 알아들어? 우리가 이렇게 쓸데없이 갑론을박하고 있는 중에 령아가 죽을 수도 있다구."

"여보."

우령은 단지 은조의 수하 중에 한 명일 뿐인데 그녀의 일로 쾌도비 자신이 지나치게 흥분하고 있는 것을 은조가 이상하게 여길 수도 있다는 생각이 하필 이런 상황에서도 마음에 걸렸다.

"고백할 게 있어."

쾌도비는 은조가 생각할 틈을 주지 않고 말해 버렸다. 아니, 사실은 그 자신조차도 이런 고백을 하게 될 것이라고는 예상하지 못했었다. 순전히 즉흥적이다.

"나 령아하고 잤어."

"……."

쾌도비는 은조의 눈이 커다랗게 떠지고 얼굴 가득 놀라움이 번지는 것을 보면서 자신이 정말 나쁜 놈이라는 생각이 들었다.

이렇게 자신에게 헌신적이며 또한 사랑스러운 여자의 가슴을 아프게 하다니 나 같은 놈은 천벌을 받을 것이라고 생각하면서도 그는 할 말은 마저 해야겠다는 이기적인 생각을 했다.

"우령만이 아냐. 미령하고도 잤어. 나는 이런 놈이야. 죽일 놈이지."

그는 와르르 쏟아내듯이 말해놓고는 제 스스로도 정말 추악하고 더러운 놈이라는 생각 때문에 어깨를 들썩이며 씨근거렸다.

그는 은조의 커다란 두 눈에 눈물이 고이는 것과 그 눈물 너머의 눈이 원망과 슬픔으로 물드는 것을 보면서 가슴이 찢어지는 것 같았다.

그렇지만 방금 고백한 것에 대해서는 조금도 후회하지 않았다. 그런 것을 가슴속에 계속 담아두고 있으면 몸이 썩어버릴 것만 같았다.

그리고 감추고 있는 것이 은조에게 더 죄를 짓는 일이라는 생각이 들었다.

어쩌면 이것 때문에 은조를 잃을지도 모른다. 아니, 대저 어떤 여자가 자신의 수하 한 명도 아니고 두 명씩이나 놀아난 사내를 용서할 수 있다는 말인가.

은조뿐만이 아니다. 저기 매달려 있는 우령도, 그리고 미령도 은조의 수하이니까 쾌도비는 그녀들도 더불어 잃게 될 것이다. 고로 다 잃는 것이다.

그렇다면 그는 도대체 무엇을 위해서 느닷없는 고백을 했다는 말인가.

지금 이 자리에서 은조가 결별을 선언한다면 쾌도비는 한마디 변명의 여지도 없이 이대로 떠나야만 한다. 그럴 수밖에 없다.

우령을 구하려는 시도조차도 할 수가 없다. 우령은 은조의 수하이기 때문에 그로서는 구할 자격이 없는 것이다. 결별은 곧 완전한 타인을 의미한다.

즉흥적인 격한 감정 때문에 고백을 했으나 일이 이렇게 커져 버릴 줄은 예상하지 못했었다. 미대난도(尾大難掉), 꼬리가 너무 커져서 흔들 수가 없다.

그래도 고백한 것을 후회하지는 않는다. 일이 좋지 않게 돼버렸어도 가슴은 후련했다.

"울지 마라. 나 같은 놈에겐 눈물도 아깝다."

쾌도비는 짓이기는 듯한 얼굴로 중얼거렸다.

"흑……."

마침내 은조의 창백한 뺨으로 눈물이 흐르고 그녀의 나직한 울음소리를 들으면서 쾌도비는 뼈저린 후회를 했다. 그러나 고백을 후회하는 것은 아니다.

다시 한 번 그런 상황이 닥친다면 절대로 우령과 미령을 건드리지 않겠다는 후회다. 하지만 이제는 후회해도 소용없는 일이 돼버렸다.

"그녀들을 사랑했나요? 그래서 그랬나요?"

소리 없이 울기만 하던 은조가 충격적인 고백을 들은 이후 처음으로 입을 열었다.

"아니, 아니다. 사랑 같은 게 아니었다."

쾌도비는 목이 부러질 정도로 세차게 고개를 가로젓고 두 손까지 휘저었다.

"그저 나는 여자가 필요했었다. 그것뿐이야."

"그럼 저는……."

왜 나를 원하지 않았느냐는 물음이다. 그리고 그녀는 천첩이라 하지 않고 '저'라고 말했다.

이런 와중에도 그것이 쾌도비의 가슴에 꽂혀서 샘물처럼 피를 뿜어냈다.

이제 그녀는 남이 되는 준비를 하고 있는 것이 분명하다는 생각이 들었다. 천첩이 아닌 남 말이다.

쾌도비는 얼굴을 일그러뜨렸다. 왜 그랬었는지 구구하게 변명하는 자신이 가증스러웠다.

"내게 있어서 너는 너무 어려웠어. 지나치게 똑똑하고 모든 것이 나보다 월등해서 겁이 났다구. 너는 내게 사부 같은 존재였어."

놀라움으로 은조의 눈이 다시 커졌다.

"나는 그저 가슴이 답답했을 뿐이야. 너를 내 여자로 만들려고 발버둥을 쳤는데 그게 마음먹은 대로 안 되니까… 그래서 답답했었다."

변명 같지도 않은 변명이라는 생각이 들었으나 되는 대로 떠들어댔다.

은조는 착잡하지만 엷은 연민이 깔린 표정으로 그를 바라보며 물었다.

"저를 사랑하나요?"

탁!

쾌도비는 손바닥으로 탁자를 내려치며 불같이 화를 냈다.

"그걸 말이라고 해?"

그리고는 벌떡 일어나서 은조가 말릴 새도 없이 쏜살같이 주루 밖으로 달려 나갔다.

사랑하느냐고? 물론 사랑한다. 어쩌면 어젯밤에 그녀를 자신의 여자로 만든 이후부터는 주소옥보다도 더 은조를 사랑하게 된 것 같기도 했다.

하지만 그것을 빌미로 해서 용서를 받고 싶은 생각은 추호도 없다.

그래서 그녀가 사랑하기 때문에 당신을 한 번만 용서한다
는 말을 하게 될까 봐 그게 겁이 나고 또 비참해질 것 같아서
그는 미친 듯이 밖으로 뛰쳐나간 것이다.

"쾌 랑!"

그녀가 급히 부르며 달려 나왔지만 주루 밖에는 쾌도비의
모습이 어디에서도 보이지 않았다.

자금성 깊숙한 곳.

삭……

하나의 흐릿한 인영이 까마득한 하늘에서 빛처럼 빠르게
수직으로 낙하하여 교태전(交泰殿) 지붕에 가랑잎처럼 가볍
게 내려섰다.

허공 삼백여 장 높이에 떠 있던 철황이 하강하여 십여 장
높이에서 찰나지간에 쾌도비를 떨어뜨리고 다시 상승하여 사
라져 버렸다.

주루에서 은조에게 고백을 하고 그녀에게 평생 지우지 못
할 큰 상처를 안겨준 그는 그 길로 주루를 나와 일각 후에 자
금성 내정(內廷) 깊숙한 곳 중 하나인 교태전에 은밀히 잠입
한 것이다.

그의 계획은, 아니, 계획이라고 할 것도 없다. 우령을 구해
야 한다는 무조건적인 집념에 빠진 그는 우령을 저렇게 만든

장본인을 제압해서 족쳐야 한다고 판단했다.

무슨 일이 있어도 우령을 구해내서 은조에게 돌려보낸 후에는 그대로 떠날 각오다.

정 갈 곳이 없으면 금둔과 제자 유홍이 있는 동명촌으로 가서 은거할 생각이다.

그곳에서 모든 것을 다 잊어버리고 심산에 파묻혀서 조용히 살아갈 것이다. 지금 생각하는 것은 그것뿐이다.

사아아…….

그는 상체를 잔뜩 숙인 자세로 지붕 위를 납작하게 이동하면서 재빨리 아래쪽을 훑어보았다.

우령을 오문 위에 묶은 것은 필경 태자나 중천왕자 주우명의 명령일 테니, 그 둘이 있는 곳을 알아내려면 황군이나 황궁고수를 제압해서 실토를 받아내야 한다.

이곳은 우령이 묶인 오문하고는 오백 장 이상 먼 거리이고 자금성의 깊숙한 곳, 즉 황족들이 머무는 곳이라서 경계는 그리 심하지 않았으나 황궁고수를 발견하는 것은 어렵지 않았다.

"아직도 별다른 소식은 없느냐?"

태자 주청운은 아침 식사도 하는 둥 마는 둥 서둘러 자신의 거처로 돌아와서 동창제독에게 물었다.

오문 위 기둥에 우령을 묶은 일을 총괄하는 것이 바로 동창제독이다.

동창제독은 깊숙이 허리를 굽혔다.

"그렇습니다, 태자 전하. 송구합니다."

이 일을 계획한 사람은 주우명이기 때문에 동창제독이 송구할 일이 아니다.

주청운은 탁자 맞은편에 앉아서 차를 마시고 있는 주우명을 쳐다보며 눈살을 찌푸렸다.

"헛물만 켜는 것이 아닌가?"

"두고 보시지요."

"붙잡힌 계집이 무정도하고 어떤 관계인지도 알아내지 못했잖은가!"

주청운의 목소리에 역정이 짙게 깔렸다.

딸깍……

주우명은 찻잔을 내려놓았다.

"그 계집은 천절성군이 무정도에게 발출한 검강을 대신 맞았습니다. 죽음을 각오한 것이지요. 무정도하고 깊은 연관이 없다면 그럴 수 있겠습니까?"

"하긴 그렇다만……."

"두고 보십시오. 놈은 분명히 나타날 것입니다. 우리가 할 일은 놈이 나타났을 때 실수하지 말고 반드시 제압하는 일입니다."

주우명이 이렇게 확신하는 데에는 그럴 만한 충분한 근거가 있다. 그가 수집한 정보에 의하면, 무정도는 팔신궁에 붙잡힌 소녀 한 명을 구하려고 단신으로 팔신궁에 잠입한 적이 있었다.

그래서 탈출 과정에서 무황천신 이하 백여 명의 고수와 맞닥뜨리게 되었으면서도 끝까지 그 소녀를 구해서 도망쳤다고 한다.

또한 무정도가 녹평장을 급습하여 천절문 소문주 영호빈과 삼 공자 백무평을 죽인 이유도 그와 유사하다는 정보가 입수되었다.

즉, 영호빈과 백무평이 무정도가 알고 있는 사람 둘을 죽이고 소년 한 명을 납치하여 감금했기 때문에 그에 대한 복수와 소년을 구하기 위해서라는 것이다.

믿을 수 없게도 그는 그처럼 신의를 중시 여기는 인물이다. 자신과 한 번 인연을 맺은 사람은 끝까지 지키는 요즘 세상에 보기 드문 사내다.

만약 무정도가 보현공주 주선란을 죽이지 않았더라면 주우명으로서는 무슨 일이 있어도 깊이 사귀어보고 싶은 매력 있는 사내다.

영호빈과 백무평이 죽였다는 청년과 소녀가 어디에 사는 누구인지를 알면 그들의 가족이나 동료들을 잡아들여서 무정도를 압박할 수 있을 테지만, 거기까지는 알아내지 못한 것이 아쉽다.

어쨌든 그런 일들을 미루어 봤을 때 무정도는 자신의 목숨을 구하고 대신 죽었다고 생각했던 여자가 살아 있는 것을 보고는 절대로 외면하지 않을 것이라는 게 주우명의 생각, 아니, 확신이다.

"놈은 분명히 올 겁니다."

주우명은 자기 자신에게 확신을 주듯 주먹을 움켜쥐며 힘있게 말했다.

"그래, 왔다."

그때 창 쪽에서 조용하지만 으스스한 목소리가 들려서 주우명과 주청운, 동창제독, 그리고 주청운의 그림자인 도검령이 동시에 창을 쳐다보았다.

아니, 도검룡은 이미 도검을 뽑으면서 창을 향해 쏜살같이 쏘아가고 있었다.

창이 열리면서 안으로 하나의 그림자처럼 들어서고 있던 쾌도비는 좌우에서 쇄도하는 도검룡을 향해 대수롭지 않게 슬쩍 오른손을 떨쳤다.

픽! 픽!

"큭!"

"캑!"

도검룡은 쏘아오다가 정확하게 미간에 지강을 적중당하여 구멍이 뚫려서 즉사하며 몸이 화살처럼 빠르게 뒤로 퉁겨 날아갔다. 그들의 어깨에서는 도와 검이 미처 절반도 뽑히지 않았다.

자금성 최고수라는 도검룡을 죽이는 것조차도 쾌도비에게는 손바닥을 뒤집는 것처럼 쉬운 일이다.

주우명과 동창제독은 각자 어깨에서 검을 뽑으며 쾌도비에게 덮쳐가려다가 뚝 동작을 멈추었다.

이들 둘은 도검룡에 비해서 하수다. 도검룡조차도 무기를 뽑지도 못한 채 맥없이 죽었는데, 하물며 주우명과 동창제독이야 두말하면 잔소리라는 사실을 깨달았기에 개죽음당할 수가 없어서 멈춘 것이다.

"저놈은 누구냐? 왜 죽이지 않고 가만히 있는 게냐? 어서 죽여라!"

아직도 상황 파악이 전혀 되지 않는 주청운은 마치 구름을 탄 듯이 창에서 바닥으로 스르르 내려서고 있는 쾌도비를 가리키며 악을 썼다.

쾌도비가 바닥을 딛으면서 무표정한 얼굴로 주청운을 향해서 손을 뻗자 주우명이 사색이 되어 저도 모르게 두 손을 앞으로 모았다.

"안 돼! 제발 태자 전하를 죽이지는 말아다오."

"우명!"

아직도 권위의식에서 벗어나지 못한 주청운은 목숨을 구걸하는 주우명을 꾸짖었다.

쾌도비는 일단 주청운을 조용하게 만들 필요를 느꼈다.

퍽!

"끄악!"

지강이 발출되어 주청운의 왼쪽 발 허벅지를 여지없이 관통했다. 돼지 멱따는 소리가 실내를 울렸다.

"다음은 대갈통이다."

쓰러져서 피가 콸콸 쏟아지는 허벅지를 움켜잡고 울면서 지랄발광을 하는 주청운을 보면서 쾌도비가 중얼거렸다.

"무얼 하느냐? 어서 태자 전하의 상처를 지혈하고 입을 틀어막아라."

주우명의 외침에 동창제독이 화들짝 놀라 다급히 주청운에게 달려들었다.

"무슨 일이십니까, 태자 전하!"

"괜찮으십니까?"

저만치 문 밖에서 고함 소리가 들리자 주우명은 쾌도비를 힐끗 보고 나서 은은하게 호통을 쳤다.

"명령이 있기 전에는 아무도 들어오지 마라!"

주우명은 쾌도비가 약간의 변장을 했지만 그가 무정도라

는 사실을 한눈에 알아보았다.

무황천신을 죽이고 단신으로 팔신궁을 멸문시켰으며, 방금 전에는 도검룡을 손 하나 까딱하는 것으로 즉사시킨 초절고수다.

그러니 만약 주우명이 서툰 짓이라도 한다면 문이 열리고 황궁고수들이 몰려들기 전에 그 자신이 죽음을 당하고 말 터이다.

과연 무정도가 반드시 나타날 것이라는 주우명의 예상은 적중했다.

문제는 그가 오문이 아니라 내정 깊숙한 태자의 집무실에 불쑥 나타났다는 사실이다.

무정도가 얼마나 고강한지, 그리고 얼마나 잔인무도한지는 익히 알고 있는 주우명이다.

그가 자신의 측근인 여자를 성문 위에 묶으라고 명령한 태자의 거처에 나타났으니 바보멍청이가 아닌 이상 순순히 물러가지는 않을 터이다.

주우명은 동창제독이 주청운의 깨끗하게 관통당한 허벅지 상처를 지혈하고 천으로 꽁꽁 묶은 후에 일으켜서 조심스럽게 의자에 앉히는 것을 보면서 주의를 주었다.

"태자 전하, 입에서 손을 떼면 이제부터 아무 말씀도 하지 마십시오. 아셨습니까?"

동창제독에게 입이 막힌 주청운은 뜨거운 맛을 보고서야
극도의 공포를 느끼고는 미친 듯이 고개를 끄떡였다.

"흐으으⋯⋯."

동창제독이 입에서 손을 떼자 주청운은 쾌도비를 보면서
온몸을 부들부들 떨었다.

그런데 그의 아랫도리가 흠뻑 젖었다. 겁에 질려서 한바탕
오줌을 싸버린 것이다.

주우명은 아무 말도 하지 않았다. 지금 상황에서는 말 한마
디 잘못했다가 그것으로 목숨을 잃을 수도 있다. 이런 자리에
서의 용기는 용기가 아닌 객기일 뿐이다.

자고로 시무지자준걸(時務之者俊傑), 때를 아는 사람이 준걸
이라고 했으니 목을 움츠리고 있는 것은 부끄러운 일이 아니다.

쾌도비는 천천히 걸음을 옮겨 방 한가운데로 나와 우뚝 멈
춰 서고는 무표정한 얼굴로 주우명과 주청운을 번갈아 쳐다
보았다.

그의 시선이 자신들에게 닿을 때마다 주청운과 주우명은
부지중 흠칫 몸을 떨었다.

슥—

쾌도비는 자기 집인 양 탁자 앞 의자에 앉아서 느긋하게 빈
찻잔에 차를 따랐다.

쪼르르⋯⋯.

그의 오른쪽 두 걸음 떨어진 곳에 서 있는 주우명은 그가 완전히 허점을 드러내면서 차를 따르는 것을 뻔히 보면서도 급습할 생각을 추호도 하지 못했다.

저것은 객기가 아닌 완벽한 자만이 취할 수 있는 여유로움이기 때문이다.

오히려 주우명은 쾌도비의 그런 행동에 기가 질려서 질식할 것만 같았다.

슥―

쾌도비는 찻잔을 입으로 가져가 한 모금 마시고 나서 이윽고 입을 열었다.

"내 사람을 구하려면 누구에게 말해야 하느냐?"

과연 주우명이 예상했던 대로 무정도는 오문 위 기둥에 묶인 여자를 구하러 왔다.

자신에 속한 사람은 어느 누구라도 외면하지 않고 심지어 자금성 한복판까지도 잠입해 들어오는 대범한 그를 보면서 주우명은 이런 상황에서도 차라리 그에게 존경심마저 느껴졌다.

"음……."

주우명은 비로소 무거운 신음을 흘리며 말문을 열었다.

"그녀를 놔주면 고이 물러갈 테냐?"

쾌도비는 주우명을 쳐다보지도 않고 차를 한 모금 마시고 나서 중얼거렸다.

"지금 나하고 거래를 하자는 것이냐?"

"음……."

주우명은 또다시 신음을 흘렸다. 칼자루를 잡고 있는 사람
은 무정도인데 주우명으로서는 이래라 저래라 할 처지가 아
닌 것이다.

딸깍…….

쾌도비는 찻잔을 내려놓으며 중얼거렸다.

"나는 말이다. 여기에 있는 너희를 다 죽인 다음에 황제와
그 마누라, 그러니까 너희들 어미를 찾아내서 그들까지 죽일
수도 있다."

후드득…….

주우명과 주청운의 사지가 저절로 벌벌 떨렸다. 무정도의
말이 허언이 아님을 절실하게 깨달았기 때문이다.

"아예 황족 나부랭이들을 깡그리 죽여 버릴 수도 있어."

황족이 몰살하면 대명제국은 끝장이다. 주우명과 주청운
은 대명제국이 이렇게 간단히 끝장날 수도 있다는 사실을 지
금 처음 깨달았다.

쾌도비의 말인즉, 우령을 데려온 다음에 그의 처분을 기다
려야 한다는 뜻이다.

태자의 명을 받은 황궁고수들이 우령을 데려오기를 기다

리는 시간이 주우명과 주청운에게는 천 년처럼 지루하고 길게만 느껴졌다.

실내에는 주우명이나 주청운이 한 번도 느껴보지 못한 괴괴한 공포와 적막이 흘렀다.

"내가 네 누이동생을 죽인 것에 대해서 복수를 하겠다는 것이 네 생각이냐?"

다리를 꼬고 앉은 쾌도비가 차를 한 잔 더 마신 후에 주우명을 보며 조용히 말했다.

주선란 얘기가 나오자 주우명은 반사적으로 발끈했다. 공포에 젖어 있는 상황이지만 누이동생의 죽음과는 별개라는 착각이 들었다.

"그렇다."

스응—

쾌도비가 앉은 채 천천히 어깨에서 창룡도를 뽑는 것을 보고 주우명은 움찔했다.

그가 아예 화근을 없애려고 자신을 죽일 수도 있다는 생각이 들었기 때문이다.

쾌도비는 몸을 약간 틀어서 느릿한 동작으로 창룡도를 주우명의 가슴을 향해 찔러갔다.

극도로 긴장한 주우명은 본능적으로 다급히 어깨의 검을 뽑는 것과 동시에 쾌도비를 베어갔다. 쾌도비가 이처럼 느릿하게 공격을 하면 능히 그를 벨 수도 있다는 생각이 찰나지간 들었다.

챙!

"읏!"

그러나 쾌도비는 주우명의 검을 슬쩍 쳐서 간단하게 저 멀리 날려 버렸다. 이어서 그는 창룡도를 어깨에 꽂으면서 쓴웃음을 지었다.

"방금 그것이 무엇을 뜻하는지 알겠느냐?"

"무… 슨 뜻이냐?"

치욕을 당한 주우명은 얼굴이 벌게져서 물었다.

"사람이라면 어느 누구라도 자신의 목숨이 위협당하면 반격을 하지 않겠느냐?"

"물론이다."

"나도 그랬을 뿐이다. 네 동생 주선란이 급습을 하여 나를 죽이려 했기에 반격을 했던 것이다."

"……."

"그대로 있으면 내가 죽을 텐데 너 같으면 그랬겠느냐? 개도 그러지 않을 것이다."

"……."

주우명은 대답할 말을 찾지 못했다. 상대가 누구라고 해도 그 자신이 그런 상황에 처한다면 무조건 반격을 할 테니까 말이다.

"네가 이해를 하든지 못하든지 상관없다. 다만 그때 상황이 그랬다는 것이다."

"음⋯⋯."

"선란과 나, 그리고 자봉공주는 잠시 동안 친구가 됐었다. 그런데 갑자기 살수들이 나타나는 바람에 선란이 본색을 드러낸 것이지."

"살수⋯⋯."

그 말에 주우명의 얼굴이 거멓게 변했다. 그 당시에 주선란을 구하고 무정도를 죽이라고 혈혼곡 살수들을 보낸 사람은 바로 주우명이었다.

그런데 이제 보니 주선란은 살수 때문에, 아니, 주우명 때문에 죽음을 당한 것이었다. 살수들을 보내지 않았더라면 주선란은 죽지 않았을 것이다.

"아⋯⋯."

"그리고⋯⋯."

쾌도비가 다시 입을 열었다.

"너희는 이제 그만 자봉공주와 남령부에서 손을 떼는 게 좋겠다. 내가 있는 한 그들의 털끝 하나 건드리는 것을 용납하지 않을 테니까 말이다."

"음⋯⋯."

그의 또 다른 협박에 주청운이 자신도 모르게 신음을 흘렸

다. 자봉공주와 남령부를 몰살시키려는 것은 그가 주관하는
일이기 때문이다.

　사아아…….
　철황이 힘차고도 빠르게 창공으로 솟아올랐다.
　철황 등에 타고 있는 쾌도비의 품에는 피투성이 모습의 우
령이 포근하게 안겨 있다.
　그녀는 깊은 혼절에 빠져 있지만 깨어나면 자유의 몸이 되
어 있을 것이다.

　주루에서 쾌도비가 돌아오기를 기다리던 은조는 꽤 오랜
시간이 흘렀는 데도 그가 돌아오지 않자 다시 자금성 오문 앞
으로 가보았다.
　그런데 오문 위 기둥에 묶여 있던 우령의 모습이 온데간데
없이 보이지 않았다.
　주위의 사람들에게 물어보니까 조금 전에 황궁의 고수들
이 우령을 기둥에서 내려 어디론가 데려갔다는 것이다.
　'혹시 쾌 랑이 우령을 구한 것인가?'
　은조는 마음속으로 한 가닥 기대를 걸어보면서 몸을 돌려 걸
어 나오다가 우뚝 걸음을 멈추며 크게 놀라는 표정을 지었다.
　'천절성군!'

모여 있다가 흩어지고 있는 성민들 속에 한 사람이 섞여 있는데, 칠십여 세의 나이에 후리후리한 키와 약간 마른 듯한 체구에 백의 장포를 입었으며, 눈처럼 흰 백염이 배까지 휘늘어졌고, 한 자루 고검을 메고 있는 모습이 틀림없는 천절성군이었다.

은조는 자신이 얇은 면사를 하고 있다는 사실을 잊은 듯 급히 사람들 속으로 파묻히면서도 천절성군에게서 시선을 떼지 않았다.

몹시 수척하고 굳은 표정의 천절성군은 대로에 이르러 잠시 주위를 두리번거리더니 한쪽 방향을 향해 빠른 걸음으로 걸어가기 시작했다.

'저쪽으로 가면 천은루인데, 설마⋯⋯.'

지켜보던 은조는 천절성군이 가고 있는 방향이 죽은 맹탁의 소년소녀들이 있는 주루 천은루라는 것을 알아차리고 새로운 긴장이 밀려들었다.

『무정도』9권에 계속⋯

이제부터 전자책은
이젠북

www.ezenbook.co.kr

❧ 새로운 세계가 열린다! ❧

한백림 『천잠비룡포』　　천중화 『그레이트 원』
좌백 『천마군림』　　　　송진용 『몽검마도』
현대백수 『간웅』　　　　김석진 『더블』
김정률 『아나크레온』　　백연 『생사결-영정호우』
임준후 『켈베로스』　　　예가음 『신병이기』
진산 『화분, 용의 나라』　남운 『개방학사』

이름만 들어도 황홀할 정도의 별들의 향연!

이들의 "유료연재"가 시작됩니다!

검색창에 **이젠북** 을 쳐보세요! ▼ 🔍

魔 in 화산

FANTASTIC ORIENTAL HEROES

용훈 新무협 판타지 소설

무림공적, 천살마군 염세악!
검신 한호에게 잡혀 화산에 갇힌 지 백 년.

와신상담… 절치부심… 복수무한…

세월은 이 모든 것을 잊게 하고
세상마저 그를 잊게 만들었다.
하지만.

"허면 어르신 함자가 어찌 되시는지……"
우연한 만남, 자신도 모르게 튀어나온 원수의 이름.
"그게… 한, 한호일세."

허무함의 끝에서 예기치 않게 꼬인 행로.
화산파 안[in]의 절세마인, 염세악의 선택!

FUSION FANTASTIC STORY
천성민 장편 소설

짐승의 규칙

『무결도왕』 『다크로드 블리츠』
천성민 작가의 신간!

짐승의 규칙

살아야만 했다.
나를 위해 희생당한 부모님을 위해.
복수를 위해.

죽여야만 했다.
내가 살기 위해 타인의 목숨을.

그렇게……
나는 짐승이 되었다.

Book Publishing CHUNGEORAM